AQUEST LLIBRE
PERTANY A:

....

Tea Stilton

A LA RECERCA DELS TRESORS PERDUTS

EL JARDÍ D'ALABASTRE

Estrella Polar

Textos de Tea Stilton
Coordinació de textos d'Alessandra Berello / Atlantyca S.p.A.
Coordinació editorial de Patrizia Puricelli
Editing d'Antonella Lavorato, amb la supervisió de Daniela Finistauri
Direcció artística de Iacopo Bruno
Coberta: il·lustracions de Barbara Pellizzari, Giuseppe Facciotto (disseny) i Flavio Ferron (color)
Fotografia de coberta i guardes: elaboració d'imatges © Shutterstock
Disseny gràfic de Francesca Leoneschi / theWorldofDOT
Il·lustracions interiors de Giuseppe Facciotto (disseny), Barbara Pellizzari, Chiara Balleello, Valeria Brambilla (llapis i tinta) i Alessandro Muscillo (color)
Il·lustracions de l'apèndix de Carolina Livio (disseny) i Danilo Barozzi (llapis, tinta i color)
Coordinació artística de Flavio Ferron
Assistència artística de Tommaso Valsecchi
Grafisme de Chiara Cebraro
Idea original d'Elisabetta Dami

Títol original: *Alla ricerca dei Tesori Perduti*

Estrella Polar, Av. Diagonal, 662-664, 08034 Barcelona
www.estrellapolar.cat
info@estrellapolar.cat
www.geronimostilton.cat

Primera edició: abril del 2017

ISBN: 978-84-9137-215-8
Dipòsit legal: B. 3.553-2017
Imprès a Catalunya

Estimades amigues,

Acabem de tornar d'una aventura que no oblidarem mai!
Va començar amb unes vacances a Escòcia, però ens va portar més lluny, seguint el rastre d'una noia molt especial que va viure fa un munt d'anys. A poc a poc, vam treure a la llum el seu gran secret, que estava relacionat amb els tresors més valuosos del nostre planeta.
I hem viatjat per tot el món, entre llocs encantadors, amics meravellosos i misteris secrets...
Però us deixaré descobrir soles la resta de l'enigma, llegint aquestes pàgines.
Esperem que el viatge us emocioni tant com a nosaltres!
Una gran abraçada de totes cinc,
les vostres Tea Sisters

Paulina
Nicky
Violet
Colette
Pamela

LÍNIES AÈRIES
Vol: B 3751 F
Des de: Ratford, Illa de les Balenes
A: Edimburg, Escòcia
N. 036428

Perfil de les Tea Sisters

Colette

Sent una veritable passió pels vestits i els complements, sobretot de color rosa. De gran li agradaria ser periodista de moda.

Paulina

Altruista i alegre, li encanta viatjar i conèixer gent de tot el món. Té moltíssim talent per a la tecnologia i els ordinadors.

Violet

Li agrada molt llegir i conèixer coses noves. Li encanta la música clàssica i somia convertir-se en una gran violinista!

Nicky

És australiana i l'apassionen els esports, l'ecologia i la natura. Gaudeix moltíssim vivint a l'aire lliure i no para mai quieta!

Pamela

És una hàbil mecànica: doneu-li un tornavís i us ho arreglarà tot! Es deleix per les pizzes, que menjaria a qualsevol hora, i li agrada cuinar.

Vols ser una Tea Sister?

....

M'agrada ....

....

....

....

....

....

Somiant amb Escòcia

Colette es va posar l'últim clip als cabells i, mirant-se al MIRALL, va exclamar:

—Ja estic a punt!

Després va sortir del lavabo i va entrar a l'habitació revestida de FUSTA que feia un parell de setmanes que compartia amb les altres Tea Sisters.

—Però... on són les altres? —va preguntar a Violet, que estava ocupada OMPLINT la seva motxilla amb mantes, coixins i una càmera fotogràfica.

La seva amiga va tancar la cremallera i li va respondre:

—Nicky està donant el FIN-SO als cavalls per última vegada, Pam és a la cuina, preparant els entrepans que ens ENDUREM pel camí i Paulina...

En aquell moment, la porta es va obrir de bat a bat i una Paulina RADIANT va entrar amb un mapa a les mans.

—Per al pícnic, la senyora Kerr ens aconsella que recorrem el camí que porta a un bosc que hi ha a pocs quilòmetres d'aquí —les va informar la seva amiga, assenyalant amb un dit un punt del MAPA—. Diu que hi ha una clariana molt bonica amb un torrent cristal·lí.

—Ui, que bé! —va exclamar Colette, picant de mans. Després, MIRANT per la finestra la verdor intensa de l'herba, les ovelles, les vaques i els ponis dels quals Nicky s'acomiadava, va dir amb aire nostàlgic:— Ai, noies, em sap molt greu anar-me'n d'Escòcia... AQUESTES VACANCES HAN PASSAT EN UN TRES I NO RES!

Paulina va abraçar la seva amiga i li va dir:

—Tens raó, Cocó, però encara no s'han acabat!

SOM-HI, NOIES?!
JA ESTIC A PUNT!

—És veritat... —va afegir Violet—. Gaudim dels dies que encara ens queden!

Les noies van SOMRIURE, mentre cadascuna repassava mentalment les esplèndides vacances que havien PASSAT juntes. Tres setmanes abans, Colette, Paulina, Violet, Nicky i Pam eren a la Universitat de Ratford, rumiant on anirien de vacances a l'estiu, quan Paulina, navegant per Internet, havia trobat un anunci que li va semblar perfecte per a elles.

> **Vols fer unes vacances alternatives?**
>
> **Escòcia t'espera!**
>
> T'allotjarem en una magnífica granja ecològica i, a canvi, ens podràs ajudar a tenir cura del bestiar i de l'hort!

Les Tea Sisters podrien visitar un país ***fascinant***, allotjar-se en una granja envoltada de

NATURA, recollir gerds, passejar per les bru-gueres i tenir cura d'ovelles i cavalls...
Es van posar en contacte amb la senyora Kerr, la mestressa de la granja, van reservar el VOL des de Ratford i, al cap de poc temps, ja recorrien la carretera que portava a la granja Kerr, immersa en la verdor.

I, d'aquesta manera, va començar un estiu d'allò més especial!

Escòcia

És una de les quatre nacions que formen el Regne Unit, junt amb Gal·les, Anglaterra i Irlanda del Nord. El seu paisatge, ric en muntanyes imponents, llacs blaus, boscos densos i platges daurades, és captivador, sobretot la zona de les Highlands, al nord, on la natura verge, les brugueres i els nombrosos castells han estat l'origen de llegendes i balades al llarg dels segles.

La mestressa de la casa les va acollir com una mare i els va oferir els seus deliciosos *shortbreads*, les tradicionals GALETES de mantega, i el *cranachan*, un dolç típic fet amb gerds i nata.

Una oloreta que no oblidarem!

Tenir cura de l'hort i del bestiar era una feina, sí, però també una diversió i, sobretot, Nicky es va encapritxar moltíssim amb els dos ponis de la granja.

A més, les noies van llogar un tot terreny per visitar els voltants i hi van descobrir CASCADES, GRUTES, BADIES i castells.

Foques... prenent el sol!

Les vacances havien volat en un instant i ara ja quasi s'havien acabat...

Somiant amb Escòcia

L'encís dels castells escocesos!

Faltaven pocs dies per al vol de TORNADA a Ratford i la senyora Kerr havia aconsellat les noies que descansessin i anessin a VISITAR els llocs que encara no coneixien. Per això, aquell dia les Tea Sisters havien organitzat un pícnic RELAXANT i es morien de ganes de marxar.

—He fet entrepans per a una setmana! —va exclamar Pam, que va ENTRAR a l'habitació carregada de bosses, tovallons i coberts.

—I nosaltres hem ficat tot el que necessitem a les motxilles... —va dir Violet.

—Perfecte! —va exclamar Colette—. Només cal que anem a buscar Nicky i... **MARXEM!**

Les noies es van abraçar i van sortir corrent de l'habitació.

Pícnic amb tempesta

Al cap de mitja hora, Pam va aparcar el tot terreny en una petita clariana que hi havia a l'entrada del BOSC, d'on sortien unes pistes de terra.

—JA HI SOM! —va exclamar Paulina. Després, mirant les verdes capçades dels arbres que s'elevaven una mica més endavant, va afegir:— L'indret que ens ha aconsellat la senyora Kerr és ALLÀ A BAIX, a deu minuts a peu.

Pam va mirar primer el punt que indicava la seva amiga, després la clariana on es trobaven i llavors, PERPLEXA, li va preguntar:

—Sí, però d'aquí surten tres camins... quin deu ser el bo?

Paulina es va gratar el cap, confosa.

—Ara que ho dius... no ho sé... al MAPA només n'hi ha un de marcat... Potser tots tres porten al mateix lloc...

—O potser no. Val més que ho preguntem! —va dir Colette, que havia vist arribar per la carretera una senyora gran que CAMINAVA a pas lleuger. Pensant que era d'aquella zona, la noia s'hi va acostar i, ASSENYALANT un punt del mapa, li va dir:

—Sisplau, ens sabria dir quin camí hem d'agafar per arribar AQUÍ?

La senyora la va observar, seriosa, es va quedar un instant en silenci, després va negar amb el cap i va respondre:

—NO US CONVÉ.

Colette va fer uns ulls com unes taronges.

—Però... per què? Volem fer un PÍCNIC...

—Vosaltres mateixes! El camí que heu de seguir és el primer a l'esquerra.

I, sense girar-se, va reprendre el seu pas, remugant unes paraules incomprensibles. Colette va arronsar les espatlles, atònita. Després va tornar on eren les seves amigues i els va explicar la RESPOSTA de l'anciana.

—Què devia voler dir? —es va preguntar Violet.

—Potser —va respondre Nicky—, que hi ha llocs millors per ANAR a fer el pícnic...

—Doncs, a mi, aquí em sembla absolutament PERFECTE! —va exclamar poc després Colette, radiant, i va arrencar a córrer pel prat que s'eixamplava al final del camí—. Quantes flors! I mireu quina aigua més transparent!

—Sí, però vigila de no caure-hi, que ja s'ha acabat l'estiu i l'aigua deu ser ben fresqueta... No voldria que et convertissis en una COCÓ DE GEL! —va bromejar Pam, fent riure les altres.

En un tres i no res, Paulina va estendre les man-

FORA SABATES!
PAREM TAULA AQUÍ!

QUINES PAPALLONES TAN BONIQUES!

tes damunt del prat i les cinc amigues es van relaxar gaudint d'aquell paisatge meravellós.

—Fem-nos una foto! —els va proposar Colette, després de cruspir-se l'últim entrepà i un tall del pastís que els havia preparat la senyora Kerr.

—Una altra?! Ens en hem fet un CENTENAR! —va replicar Violet.

—No ben bé... —va dir Paulina, rient, mentre agafava la seva càmera FOTOGRÀFICA—. Aquesta és, exactament, la número 257.

—Déu n'hi do! N'hem fet moltes! Ja no puc més, l'únic que vull ara és... dormir! —va dir amb un sospir Violet, que es va deixar caure damunt de la manta i va tancar els ulls. Al cap d'un minut, però, els va tornar a obrir i va remugar:— Ei, no em RUIXEU amb aigua freda!

Nicky, preocupada, va mirar el cel, que s'havia ENFOSQUIT de sobte.

—Nosaltres no hi tenim res a veure, Viví... Han estat ells! —va dir assenyalant els núvols GRISOS que s'encastellaven damunt de les amigues—. Em fa l'efecte que està a punt d'esclatar una gran TEMPESTA...

La noia no va tenir temps d'acabar la frase: un tro va tapar la seva veu i va començar a ploure fort.

—MARXEM CORRENTS! —va cridar Paulina mentre s'afanyava a ficar les mantes a les motxilles, tret d'una que van utilitzar per protegir-se de la pluja.

—Tornem al COTXE! —va exclamar Nicky. Després, mirant en direcció al torrent, es va parar en sec. A la riba li havia semblat veure un noi que relliscava amb els CÒDOLS.

—Espereu-me un moment! —va cridar a les altres. I, calant-se la caputxa de la dessuadora, va córrer cap a la vora del riu.

NO S'HAVIA EQUIVOCAT! A pocs metres de l'aigua hi havia un noi ros que seia a terra i es palpava un peu.

—M'he torçat el turmell! —va cridar amb una ganyota de **DOLOR**.

—Repenja't en mi! —va dir Nicky, passant-se un braç del noi per DAMUNT del clatell—. Així podràs caminar fins a l'aparcament on hem deixat el cotxe...

—**AI!** —va cridar ell—. M'és impossible caminar!

—Doncs haurem de buscar un REFUGI per esperar que passi la tempesta, però on?

En aquell moment, Nicky es va **recordar** que havia vist una casa de pedra no gaire lluny, al costat del torrent. Era **MÉS A LA VORA** que el seu cotxe! Al cap d'uns minuts, completament XOPS, es van poder arrecerar sota el porxo de la casa, amb les altres Tea Sisters, que n'havien tingut prou amb el gest de Nicky per comprendre la situació i els havien seguit.

—**GRÀCIES!** —va dir el noi a Nicky—.

No me n'hauria sortit sense la teva ajuda... Em dic Boyd i visc a PROP D'AQUÍ. He sortit a fer una passejada i quan ha començat a caure el xàfec he arrencat a córrer per tornar a casa... i he relliscat amb els CÒDOLS!

El va interrompre una veu fina que va sonar darrere seu:

—Heu comès una imprudència!

Una ajuda inesperada

Colette es va girar de cop en direcció a la porta d'entrada: ja l'havia sentit abans, aquella veu!

—És la senyora a qui he preguntat el camí!

Llavors l'anciana els va fer una mirada severa i va repetir:

—Heu comès una imprudència. Era evident que s'acostava una tempesta molt forta! —Després, dirigint-se a Colette, va afegir:— He provat de dir-t'ho...

La noia es va picar el front amb una mà.

—És clar! Es referia a això, quan m'ha dit «No us convé...». Ara ho entenc!

—Té raó, senyora, però no coneixem gaire el clima d'aquí... —va començar a dir Nicky, abans de fer un sonor ESTERNUT.

—És culpa meva —va dir Boyd—. S'han entretingut per auxiliar-me.

La dona va mirar el noi, que feia equilibris sobre una cama per no repenjar el peu ADOLORIT a terra. Després, sense dir res més, va fer un gest per invitar-los a ENTRAR.

—Agafareu fred aquí fora, sobretot vosaltres —va dir, adreçant-se a Nicky i Boyd.

Tots plegats van entrar a la casa, que era increïblement càlida i seca gràcies al FOC que cremava en una gran xemeneia de pedra. La senyora es va dirigir a un racó de l'àmplia sala, decorada amb mobles de FUSTA d'estil rústic, i, d'un armariet, en va treure una manta que va allargar a Nicky. Després va fer seure Boyd en una cadira i li va examinar el turmell.

Nicky es va embolcallar amb la manta, rodejada de les seves amigues. A la gruixuda catifa, hi havia arraulit un gos de mirada INTEL·LIGENT i dòcil, que Paulina va acariciar de seguida.

—El turmell se t'està inflant molt. T'ha d'atendre un **METGE** —va dir la mestressa de la casa al cap d'un moment.

El noi va gemegar.

—Doncs he de tornar a casa. **Els pares** em portaran a l'hospital. No visc gaire lluny... però no sé com m'ho faré per arribar-hi!

—**Cap problema!** —va exclamar Pam—.

Anirem a buscar el tot terreny i t'ACOMPANYAREM a casa RÀPIDES com un llamp!

—Però és que... no hi cabem tots —va replicar Paulina—. Si portes Boyd a casa, una de nosaltres s'haurà d'esperar aquí.

La senyora va decidir per ells.

—Ella es queda —va dir, assenyalant Nicky, que s'havia embolcallat amb la manta però no parava de tremolar de FRED—. Li deixaré roba seca. Si no es canvia, agafarà un gran REFREDAT.

—Doncs jo també em quedo! —va exclamar Colette.

Pam, Paulina i Violet van anar a buscar el TOT TERRENY i després van passar a recollir Boyd per portar-lo a casa seva.

Mentrestant, Nicky es va posar la ROBA que li havia deixat la dona: uns bombatxos, un parell de mitjons i una camisa de quadres blaus.

—Ho PORTAVA quan tenia la teva edat —va dir la mestressa de la casa, somrient—. Són una mica antiquats, però et van com un guant!

—Són perfectes, senyora... senyora...

—Beitris, i em podeu dir de tu —es va presentar la dona. Després, assenyalant el banc que hi havia davant de la LLAR DE FOC, va afegir:— Seieu, us prepararé una infusió calenta.

I se'n va anar a la cuina.

—Què et sembla, Cocó? M'afavoreix la nova imatge? —va bromejar Nicky, POSANT com si estigués en una sessió fotogràfica—. Cocó?

La seva amiga no l'havia sentit perquè estava concentrada admirant de prop l'element decoratiu més gran de la sala: damunt de la llar de foc penjava un tapís on hi havia brodat un arbre amb una capçada molt ampla i ARRELS profundes, emmarcat de fulles i FLORS.

Al bressol del qui fa dolç el vent, segueix allò que els pètals et voldran

explicar, si vences la seva timidesa. Però recorda: abans de l'alba, la mitjanit ha d'arribar.

Trobaràs l'amic de peus profunds, tofa espessa i antic cor gran a

qui més estima la joia del palau va confiar, delícia sense preu, el bellíssim Jardí d'Alabastre.

—Quin dibuix més bonic! —va exclamar Nicky, acostant-s'hi.

—Sí, és bonic de debò! —va dir Colette, admirada—. Observa'l de més a prop: la capçada, el tronc i les flors formen una trama ATAPEÏDA i molt detallada...

—I també molt HARMÒNICA... —va afegir la seva amiga, allargant un braç per tocar l'enigmàtic dibuix.

En aquell moment, Beitris va entrar a la sala portant una safata amb tasses i una tetera.

—Es pot saber què feu?!

Nicky va abaixar el braç de cop, mentre Colette responia insegura:

—Només **admiràvem** aquest tapís...

Beitris va fer un sospir i els va dir:

—Perdoneu-me, no volia ser tan **BRUSCA**. Em penso que he perdut el costum de rebre visites. Això, com potser deveu haver comprès, no és un **TAPÍS QUALSEVOL**...

En aquell moment van trucar a la porta. Pam, Paulina i Violet ja havien acompanyat Boyd a casa i **TORNAVEN** a recollir les seves amigues.

—Seieu, sisplau —va dir la mestressa de la casa—. Vaig a buscar més tasses.

—Gràcies, però no et volem **MOLESTAR** més... —va dir Violet.

Beitris va fer que no amb el cap.

—No és cap MOLÈSTIA, i us convé esperar-vos una estona. La tempesta no trigarà gaire a amainar.

—Però... com ho saps? —li va preguntar Pam, sorpresa.

L'anciana va fer un SOMRIURE:

—He viscut en aquesta vall tota la vida. Em conec tots els senyals que envia la natura: només em cal OBSERVAR el color del cel i la forma dels núvols, o flairar l'olor del bosc, per saber si plourà o si l'hivern serà fred. La natura ens parla i jo, des de *petita*, he afinat els meus sentits per poder-la comprendre. Jo la miro, l'escolto i... l'ENSUMO! La natura té moltes coses a dir-nos i qui no la sent és perquè ha deixat d'escoltar-la...

Colette va donar la raó a la saviesa de la mestressa de la casa, i va contemplar aquella sala amb més atenció; es va fixar que era plena d'elements de decoració naturals: testos amb plantes als pres-

SEIEU, SISPLAU!

JARDÍ D'ALABASTRE
QUINA LLAR DE FOC TAN BONICA!

tatges, gerros amb flors damunt dels mobles, pinyes que guarnien la llar de foc... I el TAPÍS que havia admirat abans.

Asseguda al banc, amb les seves amigues, bevia a glopets una infusió calenta d'herbes de muntanya i es cruspia un tall de *clootie dumpling,* un dolç de panses casolà boníssim. Tot d'una, va fer el cor fort i es va animar a preguntar:

—Abans ens parlaves del TAPÍS...

Beitris va assentir. S'havia assegut en un balancí, i la gosseta se li havia arraulit als peus. Li va fer una carícia RÀPIDA:

—Tranquil·la, Beira... —I després els va explicar:— El tapís era de la meva tia àvia.

—Ah, és un record de família! —va comentar Nicky.

—És molt més que això. Aquest tapís amaga un MISTERI.

—Un misteri? Com és possible? —va preguntar Pam, sorpresa.

—Us deveu haver fixat que hi ha un escrit, oi? És un **MISSATGE SECRET** que la meva tia àvia va deixar a la meva àvia Petra fa molts anys, però fins ara ningú ha estat capaç de DESXIFRAR-NE el significat!

Un tro va ressonar en l'aire. **Instintivament**, les noies es van abraçar i Beira es va posar a grinyolar. Beitris va continuar el relat:

—Un missatge que parla de **PÈTALS**, de la mitjanit i d'un misteriós **Jardí d'Alabastre**

ocult en un indret remot, on s'amaga un tresor valuós i ANTIQUÍSSIM.

—És com una mena de faula, oi? —va dir Paulina—. Una *llegenda* inventada per encisar els que l'escolten.

—És el que ha pensat molta gent —va respondre Beitris, que bevia la infusió amb una expressió ABSORTA—. Gairebé tothom.

Un RAIG DE SOL va entrar per la finestra. Els núvols foscos desapareixien i la densa pluja, que havia parat de caure del cel, havia deixat milers de perles lluents damunt de les agulles dels pins, que ara semblaven joies. Un ocellet, content perquè s'havia acabat la tempesta, va fer un REFILET que va sonar molt a la vora. Beitris es va despertar del seu embadaliment i, abans que les noies poguessin preguntar, els va dir:

—Val més que **marxeu** ara, no trigarà gaire a tornar a ploure.

Les Tea Sisters, una mica **SORPRESES**, van fer que sí i es van aixecar del banc.

—Demà et tornarem la roba —va dir Nicky acomiadant-se de *Beitris*.

Les noies van fer el trajecte de tornada a la granja en silenci, meditant totes les **emocions** que havien experimentat aquell dia.

A mig camí, tal com havia previst Beitris, va tornar a caure un plugim dens.

ATAC PER SORPRESA

L'endemà, les noies es van despertar molt d'hora. Volien AJUDAR per última vegada la senyora Kerr a recollir verdures de l'hort i després ANAR a casa de Beitris per tornar-li la roba. Però, al cap d'unes quantes hores, quan Pam va aparcar el cotxe davant de la casa, les noies van notar que hi passava ALGUNA COSA ESTRANYA. La porta d'entrada era oberta i hi havia un tot terreny aparcat no gaire lluny.

Les Tea Sisters es van INTERCANVIAR un gest d'entesa i es van apropar a la finestra de la cuina. L'estança era buida, però hi havia un parell de cadires tombades per terra, al costat d'unes flors silvestres que havien caigut del gerro trencat que hi havia damunt de la taula.

—Aquí n'ha passat una de grossa! MIREM a la sala d'estar... —va murmurar Paulina, indicant a les seves amigues una altra finestra.

Quan es van ACOSTAR als vidres, les Tea Sisters van haver de reprimir un crit d'espant. Beitris, dreta al centre de la sala, provava de fer fora dos

SUBJECTEU-LA!
QUÈ VOLEU?!

individus que se li acostaven AMENAÇADORA-MENT. Una mica més enrere, una dona que es cobria el rostre amb unes ULLERES de sol i un barret negre els donava ordres fent gestos amb el cap.

La gossa bordava amb totes les seves forces. De sobte, els dos delinqüents van aferrar l'anciana pels braços per IMMOBILITZAR-LA.

Les Tea Sisters no van titubejar:

HAVIEN D'INTERVENIR IMMEDIATAMENT!

—Pam, vés corrents al cotxe i toca el clàxon! —li va ordenar Violet—. Així els espantarem.

—Entesos! —va respondre la seva amiga—. Però... I vosaltres?

—Hi ENTRAREM i provarem d'alliberar Beitris!

Al cap d'un instant, mentre Pam corria cap al tot terreny, Violet, Nicky, Paulina i Colette van IR-ROMPRE a la sala, cridant alhora:

—DEIXEU-LA ANAR, DESGRACIATS!

Els tres individus es van quedar parats.

—D'on han SORTIT, aquestes? —va exclamar un dels delinqüents.

La dona del barret va respondre amb MENYSPREU:

—No ho sé, però quatre noietes no ens AIXAFARAN els plans! —Llavors va ordenar a un dels seus còmplices:— Encarrega-te'n tu!

Però quan van SENTIR el so llunyà del clàxon, tots tres van fer un bot, espantats.

Colette ho va aprofitar per cridar:

—Ja arriben els reforços... NO ESTEM SOLES!

La dona del barret va fer un gest d'irritació i va ordenar als seus sequaços:

—TU, agafa el tapís! I TU... deixa anar la velleta i toquem el dos corrents! Hem d'evitar que ens enxampin!

Abans que les Tea Sisters tinguessin temps de reaccionar, el primer individu va arrencar el TAPÍS de la paret i el segon va afluixar la pressió amb què retenia Beitris. La dona ho va aprofitar per clavar-li un cop de colze al costat.

—Ai!!! —va gemegar ell.

—No siguis PLORAMIQUES i corre! —li va retreure el còmplice, arrossegant-lo fora de la casa.

Tots tres van arribar ràpidament al tot terreny, que va arrencar amb un GRINYOL de pneumàtics i es va allunyar a tota velocitat de la vista de les noies, que els havien seguit fins al llindar de la porta.

Després, les Tea Sisters van fer rotllana al VOLTANT de Beitris, mentre Paulina acariciava la gossa, que no parava de bordar.

—Com et trobes? —li va preguntar Colette, preocupada.

—Estic bé, estic bé... —va respondre la dona—. Gràcies a vosaltres... No sé com us ho podré agrair! Heu estat molt valentes!

—Ja he avisat la policia! No trigaran a venir —els va dir Pam—. Què t'han ROBAT?

—El tapís, i em penso que ja sé per què. Entreu a casa, que us ho explicaré tot. Ara ja sé que em puc refiar de vosaltres.

La història d'A. B. Lane

Beitris es va aclofar al balancí, rodejada de les Tea Sisters, que la **CONTEMPLAVEN** en silenci, esperant saber més coses sobre el **TAPÍS**. Després va fer un sospir i va començar el seu relat:

—Ahir us vaig dir que el tapís parla d'un tresor. I us vau pensar que es tractava d'una *llegenda*...

Nicky va assentir, i la seva nova amiga va reprendre l'explicació:

—El tapís és una mena de mapa per trobar el **Jardí d'Alabastre**, que no és cap faula, sinó un tresor valuosíssim que Aurora Beatrix Lane va descobrir durant un dels seus viatges arreu del món.

—*Per mil bieles desbielades!* —va exclamar Pam—. No entenc res de res! Qui és aquesta Aurora Beatrix Pane?

—Lane —la va corregir Beitris. Després va fer un somriure i va afegir:— He de RECULAR en el temps i explicar-ho tot des de bon començament...

Llavors, l'anciana es va aixecar i, del fons d'un calaix, en va treure un feix de FOTOGRAFIES antigues, una mica esgrogueïdes, i en va allargar una a les noies.

—Mireu-la: *Aurora Beatrix Lane!* —els va dir.

Una noia jove, dreta al costat d'un biplà, amb tot de rínxols curts que li sobresortien del casc d'aviadora que duia al cap, somreia a les Tea Sisters. PORTAVA una caçadora damunt d'una camisa clara, pantalons bombatxos, botes altes i un gran fulard que li voleiava al voltant del coll.

Nicky va EXAMINAR la fotografia, després va observar l'anciana i li va comentar:

—Se t'assembla!

Beitris li va contestar, somrient:

—Era una de les germanes de l'àvia Petra. Em complau haver-ne heretat alguna cosa més que el nom: Beitris és la versió escocesa de Beatrix. L'àvia va voler que em posessin aquest nom en honor a la seva estimada germana **DESAPAREGUDA**...

—Desapareguda? —va murmurar Colette.

Aurora Beatrix Lane amb el seu biplà

Nicky, que estava molt concentrada **admirant** la fotografia, va preguntar:

—Era una aviadora, oi?

—Oh, sí! Era aviadora, motociclista, arqueòloga... Però, sobretot, Aurora Beatrix Lane era **UNA EXPLORADORA INTRÈPIDA!** —Beitris va fer una petita pausa abans de tornar a parlar:— La meva àvia era la germana *petita*, Aurora era la quarta. Quan va néixer, la llar de la família Lane es va animar d'allò més: es veu que Aurora era **eixerida** i CURIOSA, i ningú la podia aturar! L'àvia m'explicava que de petita no perdia cap oportunitat per sortir a *CÓRRER* i a jugar amb els nens... I quan ja era una adolescent, es passava hores tancada a l'habitació consultant MAPES i atles, o bé explorava els voltants de casa seva. I això DISGUSTAVA

Cosir no feia per a ella...

en gran manera la seva mare, la meva besàvia, que s'hauria estimat molt més veure-la brodant a casa, com totes les noietes **educades** de la seva edat...

Beitris va interrompre el relat un instant i va SOMRIURE recordant aquelles anècdotes que es remuntaven a un passat llunyà i alhora FAMILIAR. Després va fer un sospir i va continuar:

Al Girton College

—Però Aurora no era una noia com les altres: no li interessaven les blondes ni els vestits bonics! El seu caràcter valent i curiós la impulsava a estimar l'**AVENTURA** i el MISTERI. Per això va fer mans i mànigues per convèncer la seva mare perquè l'ENVIÉS al Girton College de Cambridge. Ella volia estudiar ARQUEOLOGIA, que era la seva passió. En aquella època no era gens insòlit veure-la arribar dalt d'una sorollosa MOTOCICLETA, amb els seus cabells arrissats sota el casc i amb pantalons... Mireu-la!

Colette va observar la foto que li ensenyava Beitris i va fer una rialleta:

Una altra de les seves passions: la moto!

—Per a aquella època devia ser MOLT ESTRANY, oi?

—Sí! —va reconèixer Beitris—. Però Aurora no en tenia prou, amb això... I quan van inaugurar una escola de vol a prop de casa seva, no es va voler perdre l'OPORTUNITAT i es va afanyar a apuntar-s'hi. La pega és que no se la van prendre seriosament: quan van veure que era una noia, els amos de l'escola es van posar a riure. Llavors, Aurora va pujar en una moto que hi havia aparcada allà i la va conduir amb molta seguretat, evitant sots i pedres, esquivant arbres i bassals, i quan va tornar, els va dir: «Ara vull que m'ensenyeu a volar tan bé com condueixo la moto, d'acord?!». Aleshores un noi va fer un pas endavant

Aurora i Robert: una amistat especial!

i es va oferir a fer-li d'instructor de vol. Es deia Robert, i era un metge jove, apassionat per l'aviació, que viatjava sovint per portar els seus tractaments arreu del món.

Entre tots dos va sorgir una gran amistat i, tot i que sovint els separaven els viatges de l'un

o l'altre, s'enviaven unes cartes llarguíssimes i, sempre que podien, es trobaven en algun lloc del MÓN.

—Oh, quina vida tan aventurera i romàntica! —va exclamar Colette.

—Per desgràcia, la vida d'Aurora no sempre va ser així... —va replicar Beitris, amb un punt de tristesa en la seva veu.

Les noies es van MIRAR, sorpreses, mentre Beitris s'aixecava per anar a la finestra i observar les fulles dels ARBRES del bosc que onejaven empeses pel vent. Als seus ulls, hi havia aparegut una profunda MALENCONIA.

Llavors l'anciana va tornar a somriure i els va dir:

—Ja és hora que us expliqui la resta de la història i el significat del tapís.

AL BRESSOL DEL VENT

Beitris es va tornar a asseure a la butaca i va reprendre el fil del **relat** mostrant-los una altra fotografia:

—Quan li van donar el diploma i el carnet d'aviadora, Aurora va començar a treballar per a **Jan Von Klawitz**, el seu professor d'arqueologia. Ell la considerava una de les seves **MILLORS** alumnes i una jove promesa, per **AIXÒ** sovint li demanava que col·laborés en les excavacions.

El professor Von Klawitz

A Aurora l'apassionava aquella nova vida, i va començar a viatjar arreu del MÓN, completament centrada en els seus descobriments.

—Fantàstic! Aneu a saber quantes troballes magnífiques va fer... —va comentar Paulina.

—Moltes, sens dubte, però... no sabem quines! —va dir Beitris, sospirant—. Aurora mantenia en secret els seus objectius, i després del primer viatge no va tornar mai més a casa dels seus pares.

—No va tornar a veure la seva família? —va preguntar Colette, atònita.

Beitris li va respondre:

—No exactament. Les seves germanes van CRÉIXER i se'n van anar de casa: l'àvia Petra es va casar amb un escocès i va venir a viure aquí, a les Highlands; les altres es van establir en punts diferents d'Europa i, fins i tot, d'Amèrica del Sud... Aurora les TROBAVA viatjant pel món, però jo crec que tenia la intenció de tornar a casa quan acabés la seva aventurera carrera d'ARQUEÒLOGA.

—Però no ho va arribar a fer, oi? —va murmurar Violet, que havia intuït que aquella història tenia un final trist.

—Després d'anys d'exploracions, Aurora va DESAPARÈIXER a bord del seu avió, en circumstàncies misterioses —va assentir Beitris.

—OOOOH! —van exclamar les noies sorpreses.

—Què li va passar? —va preguntar Paulina.

—No ho hem sabut mai —va respondre Beitris—. No es va poder recollir prou informació, perquè Aurora gairebé mai feia públics els seus desplaçaments ni els seus objectius.

—ÉS TERRIBLE! —va exclamar Colette.

Les Tea Sisters es van quedar en silenci. Al cap d'una estona, Beitris va reprendre la paraula:

—Després del seu PRIMER viatge, Aurora va tornar i va entregar a la meva àvia un paquet i li va demanar que el guardés i que no l'ensenyés a ningú.

—Era... el **TAPÍS?** —va suggerir Violet, que ja començava a encaixar les peces d'aquell misteriós trencaclosques.

—Sí. I li va dir que era el mapa d'un tresor VALUOSÍSSIM que havia de continuar sent un secret durant un cert temps, perquè hi havia una persona molt **PERILLOSA** i **DECIDIDA** a apoderar-se'n. A la meva àvia li va dir que en tingués cura i que esperés la seva tornada: llavors, Aurora utilitzaria el MAPA i trauria a la llum

el seu preciós descobriment per **MOSTRAR-LO** a tot el món.

—Te'n RECORDES del que hi ha escrit al tapís? —va preguntar Nicky.

—Que si me'n recordo? M'ho vaig aprendre de memòria quan tenia cinc anys, abans de saber llegir i tot, la primera vegada que l'àvia em va explicar *la història d'Aurora*.

Després, Beitris va entretancar els ulls i va recitar:

Al bressol del qui fa dolç el vent,
segueix allò que els pètals et voldran explicar,
si vences la seva timidesa.
Però recorda: abans de l'alba,
la mitjanit ha d'arribar.

Trobaràs l'amic de peus profunds,
tofa espessa i antic cor gran
a qui més estima la joia del palau
va confiar, delícia sense preu,
el bellíssim Jardí d'Alabastre.

—VENT, PÈTALS, ALBA... Més que el mapa d'un tresor sembla una poesia! —va exclamar Pam.

—O un TRENCACLOSQUES! —va afegir Nicky—. No entenc si la joia del palau és la delícia sense preu... o el **Jardí d'Alabastre**.

Beitris va esbossar un SOMRIURE cansat:

—Jo tampoc vaig entendre el missatge. No ho ha aconseguit ningú: fins i tot la meva àvia, amb el pas del temps, va DUBTAR que fos veritat la història del Jardí d'Alabastre.

—I tu què en penses? —li va preguntar Violet.

—Jo crec que el TRESOR existeix. Però el tapís és un autèntic enigma. Per això m'havia limitat a **admirar-lo**... fins avui, que me l'han robat!

Violet, pensativa, va mirar la dona i li va preguntar:

—S'HAN EMPORTAT ALGUNA ALTRA COSA, AQUELLS TRES?

Beitris va fer que no amb el cap:

—No...

—Llavors tens raó —va deduir la noia—. Han vingut amb un objectiu concret: robar el **TAPÍS!** Però qui més deu conèixer la història d'Aurora?

Les noies i Beitris es van mirar, **DESCONCERTADES**, sense cap resposta.

—Ja podeu marxar, maques. No hi podeu fer res més, aquí, i la **POLICIA** està a punt d'arribar —els va dir l'anciana.

Les Tea Sisters es van acomiadar de *Beitris* amb una abraçada afectuosa. Després van tornar a la granja, sense deixar de pensar **en la història d'Aurora i el seu tresor misteriós**.

LA MATEIXA  IDEA

L'endemà era l'últim dia que les Tea Sisters passaven a Escòcia. Havien estat unes vacances **fabuloses**, però totes tenien la mateixa sensació de malestar, i no es tractava solament de la **MALENCONIA** que els produïa deixar l'esplèndida granja dels Kerr...

Mentre esmorzaven al voltant de la taula de la cuina, parada amb tot d'aliments exquisits, Violet va fer un llarg badall i va dir:

—Sabeu què he **somiat** aquesta nit? Que feia un viatge arreu del món amb un biplà i no m'aturava mai... Quin cansament!

Colette va **SOMRIURE**:

—Jo he somiat que duia uns pantalons de motorista i un casc vermell xulíssims!

—Doncs jo m'he imaginat que **EXPLORAVA** una selva sud-americana i trobava un tresor —va dir Pam, que bevia a glops una infusió—, un bagul enorme ple a vessar de **XOCOLATA!**

—Hi ha aspectes de la història d'Aurora Beatrix Lane que ens han impressionat profundament... —va afegir Paulina.

—**ENS HA IMPRESSIONAT TOT!** —va dir Nicky—. Aurora era una noia emprenedora i decidida, com una **Tea Sister!**

—I viatjava per tot el món, com nosaltres —va afegir Violet—. Llàstima que no pogués fer realitat els seus somnis. És ben trist que el **Jardí d'Alabastre** estigui condemnat a ser un misteri i que, a sobre, formi part del sinistre pla d'uns lladregots...

Les cinc amigues van parar de menjar durant uns instants i es van **MIRAR** als ulls. Era un d'aquells moments en què, sense necessitat de paraules, sabien que totes cinc havien tingut la mateixa **IDEA**.

—Germanes —va dir Pam, al final—, **esteu pensant el mateix que jo, oi?**

—A veure si ho endevino... —va respondre Colette, somrient—. Com que encara falta una mica per al començament del curs, ens podríem quedar més temps per ajudar Beitris...

—**DESCOBRIR QUI HA ROBAT EL TAPÍS**... —va continuar Nicky.

—Recuperar-lo... —va prosseguir Paulina.

—...i esbrinar tot el que puguem sobre el misteriós **Jardí d'Alabastre!** —va concloure Violet.

—D'acord! —va exclamar Pam, radiant—. Endarrerim el nostre vol de tornada i comencem la **INVESTIGACIÓ!**

—Sí, però... per on comencem? —va preguntar Paulina, un cop esbravat aquell moment d'eufòria.

—Tota la història **GIRA** a l'entorn d'una persona —va dir Violet.

—*Aurora Beatrix Lane!* —van exclamar alhora les altres.

Violet va proposar:

—Jo investigaria la seva biografia. Encara que no **DEIXÉS** cap descripció sobre els seus viatges, potser podrem trobar uns altres testimonis.

—Mmm, ara que hi penso... Beitris ens ha parlat de la universitat on va estudiar la seva avantpassada, oi? —va dir Paulina.

—És clar! El Girton College de Cambridge! —va respondre Nicky.

—*Per mil bieles desbielades!* —va exclamar Pam—. Només cal fer les maletes i marxar! Destinació: Cambridge; objectiu: INVESTIGAR A. B. Lane! Havent esmorzat, evidentment!!!

Les seves amigues van somriure.

ES MORIEN DE GANES DE FER L'EQUIPATGE!

Destinació:  Cambridge

Al cap d'unes quantes hores, després d'un viatge amb tren, les Tea Sisters BAIXAVEN d'un autobús turístic que les va deixar a Cambridge, a prop de la seva destinació: el Girton College.

—Déu n'hi do! —va exclamar Paulina, admirant la torre de totxos vermells que destacava a l'entrada—. Fa un CERT EFECTE pensar que Aurora va estudiar aquí fa gairebé un segle...

—Sí, oi? —va dir Violet—. Però entrem-hi: tenim una CITA amb el rector.

Abans de marxar, les Tea Sisters s'havien posat en contacte amb el responsable del Girton per preguntar si podien fer un seguit de RECERQUES sobre una estudiant que havia freqüentat aquella universitat moltíssims anys enrere, i el

Cambridge, Anglaterra

La ciutat de Cambridge es troba a Anglaterra (que juntament amb Gal·les i Escòcia formen la Gran Bretanya) i és a cent quilòmetres de Londres.

És famosa per ser la seu d'una de les universitats més antigues i prestigioses del món i acull més de 18.000 estudiants de diverses nacionalitats.

A Cambridge, hi han estudiat molts personatges famosos, com el matemàtic Isaac Newton i el biòleg Charles Robert Darwin.

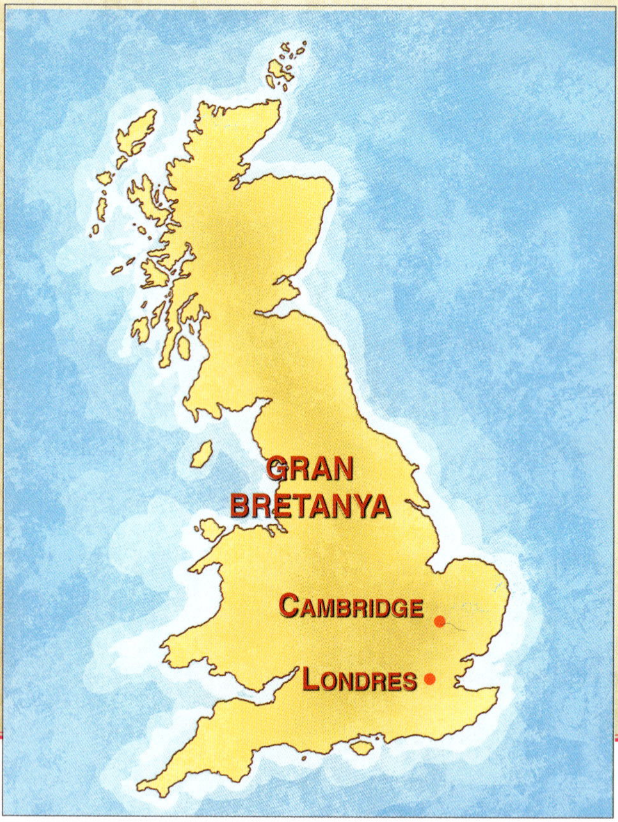

rector ja les esperava. Era una persona molt cordial, molt servicial i mooooolt xerraire!

Els va voler MOSTRAR totes les dependències de la facultat, dels jardins a les aules, passant pels dormitoris, i els va explicar la història de cadascun dels indrets amb tota mena de detalls.

—Aquesta universitat va ser fundada el 1869, i era exclusivament femenina —va explicar el rector—. La típica arquitectura de TOTXOS vermells es deu al famós arquitecte...

Les noies es van intercanviar una mirada de PREOCUPACIÓ i Pam va murmurar:

—Sembla el rector De Ratis! Aquell, quan s'hi posa, tampoc acaba mai...

Les seves amigues van provar de contenir una rialleta divertida.

Mentrestant, el rector, que no ho havia sentit, continuava impertèrrit:

—I ara entrarem a la sala gran, que és d'un estil victorià perfecte, decorada amb uns plafons de fusta...

Quan les noies van entrar en aquella **ESTANÇA** es van quedar bocabadades. Les parets recobertes de **FUSTA** brillant i les altes finestres en forma d'arc creaven una atmosfera d'altres temps.

—Caram! Que bonica! —va exclamar Colette.

—...actualment, aquesta sala està reservada a actes, banquets i... —va continuar dient el rector.

—Noies... uààà... jo estic molt **CANSADA**... —va dir Violet, badallant.

—Jo també, germana! —va coincidir-hi Pam—. I tanta XERRAMECA em fa rodar el cap. A veure si anem al gra d'una vegada!

El rector es va interrompre un moment per recuperar l'ALÈ i Colette ho va aprofitar per ficar-hi cullerada:

—Miri, li agraïm molt aquestes explicacions tan interessants, però... ens agradaria consultar els arxius més ANTICS... És possible?

El rector va reaccionar de sobte i li va respondre:

—Ah, és clar! Busqueu informació sobre una ESTUDIANT que es va diplomar fa gairebé cent anys, oi? Mmm... —va fer, tocant-se el mentó—. Potser en trobareu ALGUNA COSA a l'arxiu central, però...

—Però... què? —el va encoratjar Colette.

—Ara està tancat.

Les noies es van MIRAR desconsolades, pensant que havien fet el viatge en va, però abans que poguessin replicar, el rector va afegir:

—TORNEU demà al matí, quan obrin. Jo tinc uns compromisos i arribaré més tard, però avisaré el meu ajudant perquè us deixi ENTRAR.

Les cinc amigues van sospirar alleujades. Després, abans que el rector pogués reprendre el discurs, les Tea Sisters li van DONAR LES GRÀCIES i se'n van acomiadar:

—Moltes gràcies i fins demà! A reveure!

Al cap de cinc minuts les noies ja eren a l'habitació del *bed and breakfast* que havien reservat, i es van deixar caure al llit, mortes de son, esgotades per aquell dia tan ple de novetats.

INVESTIGANT EL PASSAT

—Vinga, Pam, que ja és hora de llevar-se! —va exclamar Colette, provant de despertar la seva amiga, que dormia profundament al llit.

—QUÈ? JA ÉS DE MATÍ? —va preguntar Pam, que va obrir un ull i va veure que les seves amigues ja es preparaven per sortir.

—Sí, i hem de TORNAR al Girton College per...

En sentir aquelles paraules es va tapar les orelles amb el coixí i va exclamar:

—OH, NO! EL RECTOR!!! No em veig amb cor d'aguantar un altre sermó com el d'ahir!!!

Les seves amigues es van posar a riure.

—Si hi arribem ben d'hora podrem començar a consultar l'arxiu pel nostre compte, que no te'n recordes? —li va fer memòria Violet.

—Ai, tens raó... Vaja, en aquest cas... —va respondre Pam, que es va alçar del llit d'UN SALT i va agafar la roba d'una revolada—. Som-hi! Em moro de ganes de clavar queixalada a alguna cosa! Tinc una gana...

Després d'un DELICIÓS esmorzar a base de torrades amb melmelada, magdalenes i *scones*,* les noies es van trobar de nou davant del Girton College, a la porta on hi havia una placa que deia: **Arxiu Central**.

La pega era que la porta estava tancada amb clau i no hi havia ni RASTRE de l'ajudant del rector!

—I ara què fem? —va preguntar Pam, mirant al seu voltant, amb una expressió de desconcert.

* Els *scones* són les típiques pastes angleses que se serveixen amb el te.

Violet va sospirar:

—No tenim altre remei que TORNAR més tard i...

Abans que tingués temps d'acabar la frase, dos nois molt ROSSOS van aparèixer al fons del passadís.

—HOLA! —va exclamar el primer, quan va ser davant de les Tea Sisters—. Sou les estudiants de Ratford, oi? Jo em dic Philip i el meu germà, James.

—Encantada... —va dir Colette—. Però... com ens heu conegut?

Li va respondre James, amb un punt de timidesa:

—El rector ens va parlar de vosaltres i ens va demanar que us vinguéssim a obrir la porta de l'arxiu...

—És que nosaltres esperàvem el seu ajudant...

—...que està de vacances! —les va informar Philip, SOMRIENT—. No li feu cas: el rector és una mica despistat i ahir ens va demanar que us ajudéssim.

—Gràcies, sou molt amables! —va dir Nicky.

—No es mereixen! —va respondre James—. De tant en tant, donem un cop de mà quan toca endreçar l'arxiu i us podem AJUDAR a buscar la informació que necessiteu. Si hi esteu d'acord, és clar!

Al cap d'un instant, les noies es van trobar en una estança plena de volums, ÀLBUMS FOTOGRÀFICS i ORDINADORS.

—Què busqueu, exactament? —va preguntar Philip a les noies.

Has trobat alguna cosa?
Quants llibres!

Paulina els ho va explicar:

—Busquem informació sobre una estudiant d'aquesta universitat. Es deia Aurora Beatrix Lane i es va diplomar fa gairebé cent anys...

—Llavors haurem de consultar l'**arxiu històric!** —va dir Philip—. I fer unes recerques comparades.

—Que és gaire complicat, això? —va preguntar Colette.

Els dos germans es van INTERCANVIAR un gest d'entesa i Philip va dir:

—Una mica... però la recerca històrica és la nostra especialitat! Sense falsa modèstia: ningú ens passa la mà per la cara, en aquest tema!

James es va posar lleugerament VERMELL:

—No siguis fatxenda, Philip! —Després, dirigint-se a les noies, va afegir:— Farem tots els possibles.

Els dos germans es van asseure davant d'uns ordinadors i van començar a TECLEJAR ràpidament, i en menys d'un quart d'hora, Philip va cridar:

—Missió acomplerta!

Va xocar els cinc amb el seu germà, que va dir:

—Hem de trobar la notificació del seu diploma... amb una fotografia!

Quan les noies es van acostar a la pantalla, van veure la imatge d'una Aurora jove, que SOMREIA orgullosa al costat d'un individu alt i prim, amb uns BIGOTIS molt llargs i aire seriós.

Aurora té a les mans el seu diari

—Ell sembla... —va començar a dir Paulina.

—El professor Von Klawitz —va acabar la frase Nicky, que havia reconegut el FAMÓS arqueòleg i professor d'Aurora.

—Mireu què té a les mans Aurora! —va exclamar de sobte Paulina, ASSENYALANT un punt de la foto—. Sembla un llibre... o un quadern, o...

—*Un diari!* —va exclamar Colette. Després va especificar:— Fixeu-vos: a la coberta no hi ha títol, només les inicials ABL, és a dir...

—...*Aurora Beatrix Lane!* —va deduir Nicky.

Mentre les Tea Sisters contemplaven atentament la FOTOGRAFIA i feien conjectures, James els va RECLAMAR tímidament l'atenció amb un estossec i els va dir:

—Ehem... noies... jo, aquesta **sigla**, la tinc vista aquí, a la universitat...

Les cinc Tea Sisters es van girar alhora per MIRAR el noi, incrèdules.

Un amagatall perfecte

—Què vol dir que la tens vista? —li va preguntar Nicky—. I... ON?!

James es va acostar al seu germà i va afegir:

—De debò, Philip, és a la biblioteca antiga, que no te'n recordes?

El seu germà va assentir i va dir a les noies:

—Veniu!

Després es va girar i va començar a CAMINAR amb passes ràpides, seguit del seu germà. Les Tea Sisters, una mica sorpreses, els anaven al darrere.

—No ens voleu dir res més? —els va preguntar Colette, esbufegant, perquè li costava seguir el ritme de Philip i James pels passadissos de la universitat.

Philip va exclamar:

—No, espera't, val més que ho VEIEU en persona!

Al final, van arribar a una estança antiga on regnava una atmosfera elegant i **imponent**, però que també era íntima i recollida.

Les parets estaven parcialment cobertes d'àmplies prestatgeries, plenes a vessar de volums, i els finestrals deixaven entrar el SOL que il·luminava el parquet, les riques catifes amb motius geomètrics i la bonica llar de foc de pedra.

Va ser justament a la LLAR DE FOC on es va acostar Philip, tot decidit, mentre James, en el seu habitual to baix, els explicava:

—Som a la Biblioteca Stanley, la més ANTIGA del Girton College. És de finals del segle XIX...

—Alto! —el va tallar Pam—. De lliçons d'història, ja ens en va donar prou i massa el rector, ahir!

James, que es va quedar un moment DESCON-CERTAT, li va replicar amb una rialleta:

—Tens raó. Si hem vingut aquí és perquè vam trobar la sigla ABL dins de la llar de foc.

—QUÈ DIUS, ARA?! —va exclamar Nicky, incrèdula.

—Doncs sí —va comentar Philip, que havia ficat el cap a la campana—. Fa uns quants mesos era l'aniversari de Bradley, un COMPANY NOSTRE que sempre ens gasta bromes, i vam decidir que, per una vegada, l'hi gastaríem nosaltres, la broma... ON ERA?

Mentre Philip palpava l'interior de la llar de foc, James va continuar l'explicació:

—Li vam comprar un regal, però en lloc d'entregar-l'hi personalment vam organitzar un petit joc de BUSCAR EL TRESOR per tota la universitat, de manera que, seguint les pistes, arribés a trobar el paquet que havíem amagat en un lloc secret...

—En aquesta LLAR DE FOC, oi? —va preguntar Colette.

—Sí! I aquí vam descobrir la sigla que va deixar Aurora. Ah, mi-te-la! —va exclamar Philip en aquell moment—. Veniu a VEURE-LA!

Les noies es van inclinar per examinar la llar de foc i Nicky s'hi va ficar dins per veure més bé el punt que assenyalava Philip.

—És veritat! —va exclamar la noia—. La veig!

—Us ho imagineu? Ho va escriure Aurora fa gairebé un segle... —va murmurar Colette.

—Sí, però, per què va escriure les seves inicials dins d'una llar de foc? No té cap sentit, tret que...

—...tret que volgués INDICAR alguna cosa...

—va dir Nicky, que palpava al voltant de l'escrit—. Ei! Hi ha una mena de desnivell, aquí, entre els totxos que hi ha al costat de la firma d'Aurora... Potser l'hauria d'EMPÈNYER o ESTIRAR...

—Ja t'hi ajudo jo! —va exclamar Philip, que es va ficar dins de la xemeneia amb tanta empenta que va donar un cop de cap a Nicky.

—Ai! —va xisclar ella.

—Perdona... —va fer Philip, que va començar a empènyer el TOTXO que formava un relleu.

En aquell instant van sentir un soroll que va ressonar per tota la sala. Les Tea Sisters van contenir la RESPIRACIÓ. Tota l'antiga biblioteca VIBRAVA. En aquella sala, entre les seves parets, Aurora, una jove acabada de diplomar, hi

va amagar un SECRET que havia estat perdut fins aquell dia.

Nicky va ficar la mà darrere del totxo, que es va retirar i va deixar a la vista un PETIT FORAT, abans invisible. Tot seguit en va treure un objecte.

—Què és? —va preguntar Pam, impacient.

—Una capsa... sembla de metall... —li va respondre Nicky.

—I A DINS HI HA EL DIARI D'AURORA!

—va exclamar Colette, radiant.

Nicky tenia a les mans un quadernet desgastat: a la tapa, s'hi podien llegir clarament les lletres ABL.

FANTÀSTIC!
JA US HO DEIA, JO!
UN DIARI!

El misteri d'Aurora

Nicky subjectava el diari amb una delicadesa extrema, com si es tractés d'un gran tresor. Els ulls de les cinc amigues brillaven d'alegria.

Pam va exclamar, dirigint-se als nois:

—No m'ho puc creure! L'hem **TROBAT**, i gràcies a vosaltres!

—Tot el mèrit és vostre... —va respondre James.

—No siguis **MODEST!** —va replicar Pam—. Sense la vostra ajuda, hauríem girat inútilment com un motor encallat!

—Gràcies, però ara m'agradaria saber qui és aquesta *Aurora* i quin **LLIGAM** té amb vosaltres —va replicar Philip.

Paulina va somriure:

—Tens raó... Nosaltres tenim la sensació que la

coneixem molt bé, però vosaltres no teniu ni idea de qui era!

Va ser Violet qui els ho va explicar:

—Aurora era una estudiant d'aquesta universitat, tal com us vam dir, i també l'avantpassada d'una **bona amiga** nostra, que necessita trobar-ne el rastre per resoldre un problema. És possible que el diari contingui unes **pistes** molt importants!

Philip i James van assentir:

—Doncs us acompanyarem al vostre *bed and breakfast*, perquè el pugueu llegir amb tranquil·litat.

Nicky, que no havia deixat d'estrènyer el diari ni un instant, va SOSPIRAR. Alguna cosa li deia que ben aviat trobarien una informació molt important entre aquelles PÀGINES, i es MORIA DE GANES de saber de què es tractava. Poc després, quan es van REUNIR a l'habitació on s'allotjaven, fent rotllana al voltant de Nicky, que es disposava a llegir les primeres pàgines del diari, es va fer un SILENCI total.

ABL

16 de maig

Estimat diari,

He decidit estrenar-te justament avui: el meu primer dia de diplomada!

Al Girton College, hi he passat uns anys meravellosos: m'hi he fet gran, he fet amistat amb unes noies fabuloses i, sobretot, m'he pogut dedicar a l'arqueologia, que és la meva passió i que no abandonaré mai. El nostre món és ple de riqueses del passat, que esperen sortir a la llum.

I estic disposada a fer-ho!

La cerimònia de lliurament dels diplomes va tenir lloc ahir. Em van triar per pronunciar el discurs de cloenda. Les meves companyes estaven molt esverades... Jo, en canvi, em sentia estranyament calmada.

El futur brilla davant nostre, només cal que ens hi esforcem per fer que aquesta llum continuï resplendent.

Mentre era a l'escenari, he donat una ullada als parents que s'havien aplegat allà per nosaltres. Hi era tota la família... la mare i les meves sis germanes.

La mare i les meves sis germanes.

Per un instant he trobat a faltar molt el pare. Però, encara que ja no sigui amb nosaltres, el porto sempre al cor, i sento que no m'ha abandonat mai: la seva veu em guia quan m'assetgen massa preguntes, encara sento la seva mà en els moments difícils, com quan era petita.

Que tendra, la meva germaneta! M'ha dibuixat així!

Des de l'escenari he mirat la mare, Robert i les meves germanes. Hannah, Linda i Susan ja semblen unes dones, i Carla també ha crescut molt. Petra i Diana, en canvi, encara són tendres com cadellets. Tinc la sensació que ara sóc jo, qui les ha de protegir i tenir-ne cura.

Després de la cerimònia, dues persones m'han dit una cosa important. La primera ha estat el professor Von Klawitz, que m'ha felicitat i m'ha proposat que li faci d'ajudant en les seves pròximes excavacions. M'emociono només de pensar-ho!

I, poc després, he tingut l'altra emoció meravellosa, quan Robert m'ha agafat per banda i m'ha abraçat, abans de dir-me que està orgullós de mi. Això m'ha escalfat el cor i ha fet que aquell moment encara fos més bonic.

Estic segura que sempre recordaré el dia d'avui.

Nicky va tancar un moment el diari i va alçar la MIRADA cap a les seves amigues, que s'havien aplegat al llit on ella s'havia assegut a llegir. Totes tenien els ulls lluents.

—Quanta emoció... i quanta tendresa hi ha en aquest diari —va comentar Colette, amb un somriure somiador.

Paulina se'n va fer ressò:

—Sí, Aurora era una noia FORTA i PLENA DE SOMNIS.

Nicky va fullejar les pàgines següents:

—Aquí explica les primeres experiències en les excavacions amb el professor Von Klawitz... I aquí descriu la festa d'aniversari de la petita Petra... N'hi ha una foto, mireu que simpàtica!

Les Tea Sisters es van inclinar sobre el diari. Llegir aquelles pàgines les feia sentir a prop d'Aurora, una noia que s'assemblava molt a elles, tot i el temps que les separava.

—Conèixer la vida i els pensaments d'Aurora és

MERAVELLÓS —va comentar al cap d'una estona Violet—, però no hem d'oblidar el motiu que ens ha empès a fer AQUESTA RECERCA...

—Ajudar Beitris! —va exclamar Colette—. Tens raó, Viví: en aquest diari, hi hem de buscar pistes sobre el TAPÍS o el Jardí d'Alabastre.

—Em sembla que n'he trobat una! —va exclamar Paulina, que havia començat a fullejar el diari pel seu compte.

23 de juliol

Estimat diari,

Els últims dies, el professor Von Klawitz està insòlitament nerviós i té un comportament molt estrany. Ja havia escrit que no li agrada gens que li toquin els baguls de viatge, te'n recordes?

Doncs bé, ahir a la nit, quan em vaig alçar per anar al lavabo del pis que compartim tots, vaig veure que la porta de l'habitació del professor estava entreoberta. I el vaig veure davant d'un bagul, contemplant un objecte que semblava una àmfora petita.

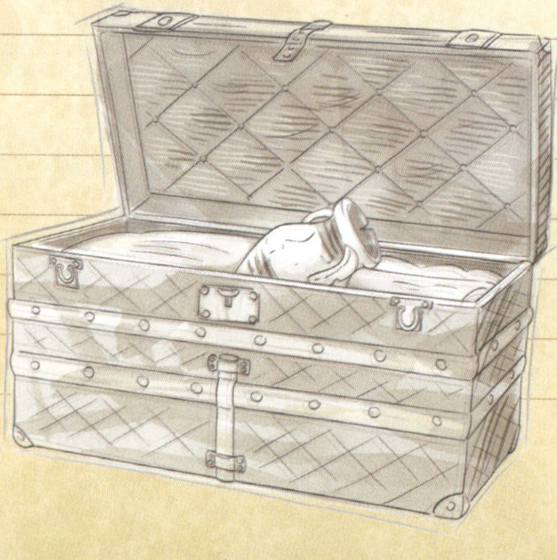

Dins del bagul hi havia una àmfora petita!

Que estrany, oi? Vaig pensar que potser encarregava còpies de les troballes més boniques per endur-se-les i estudiar-les amb atenció.
Però, per què les amagava?
Trobo que el seu comportament és molt estrany...

No vull pensar que les ha robat!

Si trobes poc respectuós que posi en dubte l'honestedat del professor, benvolgut diari, escolta el que ha succeït avui...

La jornada ha començat amb normalitat, com qualsevol altre dia de treball amb el professor i la resta de l'equip d'arqueòlegs.

Després d'un viatge molt llarg i difícil, havíem arribat a un poblet situat al cim d'un turó.

Hi havia un castell mig en ruïnes en un poblet antic...

L'edifici més important era un castell antic, mig esfondrat, que segons el professor l'havien construït damunt de les ruïnes d'un altre de molt més antic...

Quan ja feia un parell d'hores que hi treballàvem, jo em trobava en un saló, observant els estucats d'una paret i, mentre en palpava la superfície amb molt de compte, m'he adonat amb estupefacció que un dels estucats ballava lleugerament!

Encuriosida, he provat d'empenye'l i, de sobte, s'ha desenganxat un plafó que hi havia darrere, i que no era un simple revestiment de la paret sinó... una porta!

Darrere de la porta, hi he entrevist una minúscula estança secreta, totalment recoberta de mosaic i, al centre, hi havia un faristol.

No m'esperava res de semblant!

A l'ala del castell on em trobava només hi treballàvem el professor Von Klawitz i jo: l'he cridat i ha acudit de seguida.

Així que ha vist la petita estança secreta, els ulls li han resplendit.

—Aurora, l'has trobat! —m'ha dit, precipitant-se a l'interior.

Al mig de l'estança hi havia un faristol...

L'estança era molt petita, però l'he seguit per provar d'entendre de què em parlava. Damunt del faristol hi havia un antic volum enquadernat, molt gruixut.

L'he agafat amb delicadesa i l'he fullejat ràpidament: parlava de llegendes i tresors valuosos. Però, mentre intentava traduir el títol en llatí escrit en lletres daurades a la coberta, el professor me l'ha arrencat de les mans bruscament i m'ha dit molt seriós:

L'antic volum que s'ha quedat Von Klawitz...

—Me'l quedo jo!

M'he quedat molt parada: el professor sempre ha estat amable i atent amb mi. Com és que, de sobte, es comporta d'una manera tan brusca? I per què el buscava, aquell llibre?

Von Klawitz no ens havia esmentat cap llibre entre les possibles troballes que havíem de buscar en aquella excavació...

El seu estrany comportament m'ha afectat molt...

Al cap de pocs minuts ha tornat a ser el de sempre i m'ha explicat que, possiblement, es tracta d'un volum antiquíssim i que s'estima més custodiar-lo personalment.

Quan li he dit que me n'encarregaria de registrar oficialment la troballa de l'estança i del llibre, ha replicat que no calia, que ja ho faria ell.

Tot plegat és molt estrany, benvolgut diari: el professor sempre és molt escrupolós a l'hora de complir el protocol que s'aplica a les troballes, però aquesta vegada s'ha comportat d'una manera irregular. I ni tan sols m'ha permès donar un cop d'ull al llibre...

El pare sempre em deia que quan l'instint ens envia un missatge clar, cal que li fem cas.

Ho he de fer, en aquest cas?
He de provar d'esbrinar-ne més coses?

Em penso que escriuré a Robert per demanar-li un dels seus savis consells...

Pam va moure el cap:

—No ho entenc... Quina relació té **TOT AIXÒ** amb el tapís que van robar?

—Tens raó. Què hi té a veure, un llibre antic, amb els **PROBLEMES** de Beitris? —va preguntar Nicky, confosa.

—Potser res —va respondre Paulina, **PENSATIVA**—. Però, us heu fixat bé què diu? El llibre parlava de *llegendes* i TRESORS...

Violet va assentir:

—Tens raó, potser hem trobat una pista. Val més que continuem llegint el diari!

Un secret ocult entre les pàgines

Mentre Colette escalfava aigua amb el BULLIDOR, Violet triava la infusió de les provisions que s'havia endut de Ratford i Pam col·locava en una safata els *scones* que havien comprat aquella tarda, Paulina va continuar LLEGINT amb atenció el diari, a la recerca d'un fragment que parlés dels tresors que descrivia el llibre misteriós. Al cap d'una estona, va exclamar:

—HO HE TROBAT! ÉS AQUÍ!

Nicky havia posat uns coixins damunt de la catifa i les noies s'hi van asseure, cadascuna amb una TASSA d'infusió i una pasta.

—T'escoltem! —va dir Colette.

I Paulina va parlar:

—N'he llegit unes quantes pàgines més: Aurora

explica que **Von Klawitz** va fer com aquell qui res, com si no haguessin trobat el llibre.

—Em comença a ser un pèl antipàtic, aquest professor —va comentar Colette, arrufant el nas.

—A mi també... —va dir Paulina—. I sabeu quina resposta donava a les **preguntes** d'Aurora? Doncs canviava de tema o li deia que estava molt ocupat.

—**EMBOLICA QUE FA FORT, NENES!** —va exclamar Nicky.

—Sí... nyam... molt fort... Que no te les menges? —va replicar Pam, amb la boca plena, assenyalant les **galetes** del plat que Nicky tenia al davant.

Violet va fer una rialleta i li va dir:

—Concentra't, Pam, que és un moment molt delicat: pot ser que estiguem a punt de revelar un **GRAN MISTERI!**

—Tant de bo —va dir Paulina, abans de continuar llegint.

Concentra't, Pam!
Que no te les menges, Nicky?

13 d'agost

Estimat diari,
Ahir vaig prendre una decisió.

Vam abandonar l'excavació i ens en vam anar a Anglaterra.

Von Klawitz portava el bagul amb les seves coses, però durant el viatge amb tren es va trobar amb un antic col·laborador que el va invitar a dinar al vagó restaurant.

Així, em vaig quedar sola al compartiment amb el nostre equipatge i, mentre agafava la meva maleta per treure'n uns apunts, vaig topar sense

Encara conservo el bitllet del tren...

voler amb el bagul del professor que, curiosament, no estava tancat.

I, a dins, hi vaig entreveure un llibre que vaig reconèixer immediatament: un elegant volum blau amb un títol amb lletres daurades... Era el que jo havia trobat al castell en ruïnes!

Resultava estrany que el professor no l'hagués registrat ni arxivat amb les altres troballes, però que, a més, l'hagués guardat entre les seves pertinences...

En aquell moment vaig prendre una decisió: donaria un cop d'ull al contingut del llibre! El volia investigar a fons: el meu deure com a arqueòloga és assegurar-me que ningú oculti cap troballa per utilitzar-la amb fins personals.

Amb molta delicadesa, vaig treure el llibre del bagul, em vaig asseure i, mirant de tant en tant la porta del compartiment perquè no m'enxampés el professor, em vaig posar a llegir-lo.

A la primera pàgina, hi havia una mena d'introducció que deia el següent:

Coneixem les set meravelles del món que els grecs i els llatins van llegar a la posteritat.

Però solament els més savis dels savis coneixen una meravella més gran:
Els Set Tresors de la Terra.

Set tresors llegendaris, amagats a la vista dels àvids en llocs misteriosos, als set racons del món.

Només aquestes pàgines custodien el secret dels Set Tresors i dels seus amagatalls.

Prepara't, lector, a descobrir el més gran misteri del nostre món.

Llegint aquestes ratlles, estimat diari, vaig tenir una esgarrifança d'emoció.

Per a un arqueòleg, no hi ha millor somni que trobar els tresors antics més importants de la Terra!

Sembla increïble, ja ho sé... Potser només és una llegenda. Tot i així... és possible que això que interessa tant a Von Klawitz, el motiu que l'ha impulsat a apoderar-se del llibre, només sigui una llegenda antiga?

No ho crec.

Aquest llibre conté alguna cosa molt especial. En vaig tenir prou de passar la vista per les seves pàgines per estar-ne segura. No es tracta d'una llegenda!

Els tresors existeixen!

—Tenies raó, Pilla! —va exclamar Nicky—. Aurora explica la llegenda dels tresors en aquestes PÀGINES...

—I, possiblement, el del Jardí d'Alabastre de què parla el TAPÍS de Beitris en sigui un! —va concloure Colette.

—Noies, és molt tard i, normalment, a aquestes hores estem dormint, però... no sé vosaltres, jo en vull saber més COSES —va dir Paulina, molt decidida.

Les seves amigues hi van estar d'acord; fins i tot Violet, que va haver de reprimir un badall. L'***antiga llegenda*** que havia descobert Aurora havia captivat també la més dormilega de les Tea Sisters!

Així, van continuar llegint...

El cau  de l'enemic

Un ant caminava lentament per l'HERBA atapeïda de flors minúscules de color violeta. Davant seu, el perfil blanc del mont McKinley semblava retallat en el rerefons BLAU del cel. L'ant es va acostar a un turonet. En aparença era una elevació natural del terreny, però, de sobte, la terra va TREMOLAR i es va moure, girant de costat, com un disc. L'ant, espantat, va trotar en una altra direcció, mentre que del turonet n'EMERGIA una plataforma metàl·lica sobre la qual centellejava un aparell que semblava un avió.

Responent a un comandament INVISIBLE, l'instrument es va enlairar de la plataforma i va prendre altura fins a desaparèixer al cel d'Alaska. La plataforma es va enfonsar i la trapa coberta

d'herba es va TANCAR. Al cap d'uns instants, aquell indret es va tornar a convertir en un racó plàcid del parc de Denali. A sota, en les PROFUNDITATS del terreny, un llarg passadís metàl·lic menava a un lloc secret: un refugi HIPERTECNOLÒGIC dotat de totes les comoditats, que comprenia

un allotjament amb un dormitori, un lavabo i un menjador, i també un laboratori amb un INS-TRUMENTAL sofisticadíssim.

Algú seia a la butaca del laboratori, davant d'una paret plena de pantalles que REFLECTIEN imatges capturades arreu del globus.

El que havia emprès el vol feia un moment era només l'últim d'un grup de drons de la LVK que el president de l'empresa enviava des del seu refugi secret situat a

les profunditats d'Alaska per explorar els llocs més MISTERIOSOS del món, a la recerca de troballes que enriquissin la seva col·lecció.

El sistema de RECEPCIÓ de missatges es va il·luminar breument. El president el va activar i, en una de les PANTALLES, hi va aparèixer una noia amb ulleres de sol i barret negre.

—President... —el va saludar ACOTANT lleugerament el cap.

—I doncs, Cassidy? —va replicar ell, secament.

Ella va fer un petit SOSPIR:

—Ho sento, no hem pogut desxifrar les indicacions del tapís.

—Perquè sou uns incompetents! —va replicar el president, amb la veu CRISPADA.

La jove es va sobresaltar, però va recuperar la sang freda IMMEDIATAMENT.

—Els nostres experts l'han analitzat, però no li han sabut treure l'entrellat. Aparentment, només conté un DIBUIX sense cap significat i uns versos que parlen de pètals de flors i amics amb els peus grossos. Ens fa por que sigui un ENGANY... una ensarronada que no inclou cap senyal útil per arribar al tresor.

—Aurora era molt astuta... —va dir el president, fent una rialleta—. Però no desistiré tan FÀCILMENT com això!

—Com diu, president? Perdoni però la comunicació és molt feble...

—Sou vosaltres, els FEBLES —va remugar l'altre—. I ineptes. No tens res més a dir-me?

—Malauradament no, president. Començarem la investigació de nou.

El president la va INTERROMPRE:

—Vau interrogar la senyora escocesa? Esteu segurs que no en sabia res més?

—Va sorgir un IMPREVIST —es va justificar Cassidy—. La senyora va rebre reforços i vam considerar més prudent tocar el dos a CORRE-CUITA.

—Qui la va ajudar?

—Cinc... cinc noies.

El president es va estremir de ràbia en la butaca:

—Us van DERROTAR unes noies?! Qui eren? D'on van sortir?!

—No ho sabem. No vam considerar important esbrinar-ho: com que ja teníem el **TAPÍS**...

—Un tapís que no ens serveix per a res! —va bramar el president—. I vau deixar anar unes noies que potser en sabien ALGUNA COSA. Quina frivolitat!

Cassidy es va esperar uns instants, en un **SILENCI TENS**.

Els aparells que hi havia al voltant del president brunzien dèbilment.

Al final, va tornar a parlar:

—**ESBRINEU QUI SÓN AQUESTES NOIES. I TROBEU-LES!**

EMBOLICA QUE FA FORT!

Les Tea Sisters fullejaven el *diari* d'Aurora, embadalides amb les seves paraules, que evocaven un món llunyà.

—Hi diu res més... **NYAM**... dels tresors? —va preguntar Pam, que havia agafat més pastes mentre provava de mirar des de dalt les PÀGINES que llegia Paulina. La lectura del diari era cada vegada més interessant i les Tea Sisters volien esbrinar més coses sobre els tresors.

Paulina va comentar:

—He trobat un altre ***paràgraf*** que sembla important...

21 de setembre

Estimat diari,

Avui he fet el cor fort i he parlat amb el professor Von Klawitz.

Des que he descobert la llegenda dels Set Tresors, s'ha produït un canvi en mi.

Sento un reclam que m'impulsa a trobar-los perquè el món conegui la seva existència: aquestes riqueses són patrimoni de tothom, i tothom hauria de tenir dret a poder-les admirar.

He consultat les biblioteques locals per aprofundir en la meva recerca i m'he posat en contacte amb unes altres de més llunyanes i més ben proveïdes, per esbrinar si hi ha documentació disponible, en algun lloc, que faci referència a aquesta llegenda. Per desgràcia, la meva investigació no havia donat bons resultats, però quan ja estava a punt de desistir, un bon amic que té una vella llibreria a París em va parlar d'un llibre de viatges antic que esmenta els Set Tresors de la Terra, set tresors meravellosos ocults en set racons del globus, embolcallats en el misteri...

No me'n sabia avenir! Per fi tenia un indici, una pista per portar a terme allò que desitjava de tot cor: tornar a la llum aquests tresors ocults!

Per això vaig parlar amb el professor: li volia proposar que féssim junts la recerca, que treballéssim en equip.

Però la seva reacció em va deixar glaçada...
Ja m'ho pensava, que no seria fàcil, perquè en el fons ell havia decidit ocultar la història de la llegenda.
M'havia imaginat que estava organitzant una expedició, i que al seu equip no hi volia una persona jove i sense gaire experiència com jo.

Això ho hauria entès... Però quan n'hi vaig parlar, es va posar molt nerviós. Més ben dit: quan li vaig confessar que havia llegit el llibre, es va posar fet una fúria!

Em va dir que no hi tenia cap dret i que era una «xafardera»!

Ja et pots imaginar, estimat diari, que vaig tenir una sorpresa molt desagradable.
Des que conec Von Klawitz, primer com a professor i després com a director d'excavacions, no m'havia adonat que podia ser tan irascible i mal educat!
Després es va calmar i em va exigir que m'oblidés de tota aquella història.
Li vaig dir que no en tenia cap intenció, però ell em va dir clarament que pensava gaudir dels tresors tot sol...

Tal com raja: en gaudiria tot sol!

Al començament, era molt interessant treballar amb el professor Von Klawitz...

Estimat diari, em fa por que el seu objectiu sigui molt diferent del meu...
I començo a pensar que, per desgràcia, darrere de la seva aparença de professor seriós, s'hi amaga un col·leccionista àvid!

Un somni per complir

Paulina va tancar el diari amb delicadesa.

A mesura que avançaven en la lectura, les seves amigues i ella havien descobert que la relació d'Aurora amb el professor Von Klawitz s'havia deteriorat per culpa de la llegenda dels Set Tresors, que els havia fascinat a tots dos, però per motius diferents.

El professor volia APODERAR-SE dels tresors per enriquir la seva col·lecció personal. Aurora, en canvi, pel pur desig de restituir a la humanitat aquelles MERAVELLES perdudes.

Al final, Aurora va decidir començar la recerca del primer tresor: el Jardí d'Alabastre.

Però el diari s'acabava abans de revelar de què es tractava i on estava ocult.

—Sabeu què? —va dir Paulina—. El misteri dels tresors és INCREÏBLE, però el que m'ha colpit més és que Aurora era una noia realment extraordinària.

Violet va assentir:

—Tens raó, Pilla. Era tan estudiosa i apassionada per l'ARQUEOLOGIA...

—I també aventurera i amant de la natura! —va afegir Nicky.

—A MÉS DE FORTA, VALENTA i SIMPÀTICA! —va dir Pam.

—I tenia un esperit somiador —va concloure Colette, somrient.

—Sí... llàstima que el seu SOMNI s'estronqués... —va murmurar Paulina, pensant en el que havien descobert a la casa de Beitris: *Aurora Beatrix Lane* va desaparèixer a bord del seu avió, en circumstàncies misterioses.

Les cinc amigues es van quedar un instant en SILENCI, però després Pam va exclamar:

—El complirem nosaltres, germanes!

—A què et refereixes? —li va preguntar Violet.

—AL SEU SOMNI! Trobarem el Jardí d'Alabastre i ens assegurarem que vagi a parar en un lloc segur! Us ho imagineu? Si de debò existeixen aquells SET TRESORS tan valuosos que continuen perduts perquè Aurora va desaparèixer... és una pèrdua per a tota la humanitat... Hi haurem de fer alguna cosa!

Les seves amigues es van quedar rumiant un moment.

—Pam té raó —va dir Nicky—. Ja estem IMPLICADES en aquesta història i no ens podem fer enrere: hem de retre homenatge a la memòria d'Aurora!

—I, a més, això ajudarà Beitris a aclarir el misteri del tapís —va afegir Paulina—. Els LLADREGOTS que l'hi van robar deuen estar

BUSCAREM ELS TRESORS!
PER AURORA!

al corrent de la llegenda, i busquen pistes per trobar el primer tresor, per tant, hem de ser més RÀPIDES que ells!

Colette es va aixecar d'un bot:

—Què esperem? En marxa!

—Escolta, Cocó, hi ha dues pegues... —va dir Nicky, fent una rialleta—. Per començar, no tenim ni IDEA d'on hem d'anar...

—Què us sembla si tornem a casa de Beitris? —va replicar Colette—. Comprovem que estigui bé, li parlem del diari i veiem si ens pot donar un cop de mà.

—És una bona idea —va confirmar Violet—. Serà el nostre PUNT DE PARTIDA.

—Em sembla que subestimeu el segon problema —va dir Nicky.

—Quin és? —va preguntar Colette.

—Que són gairebé les dues de la

MATINADA... Ara és hora d'anar a dormir i no pas d'emprendre un viatge!

Les altres van esclafir en una gran RIALLA.

—D'acord. Demà al matí ens acomiadarem de James i Philip i TORNAREM a Escòcia! —va concloure Colette.

UNA PISTA NOVA

L'endemà al matí, les Tea Sisters es van despertar d'hora i van **TORNAR** a la universitat per informar els seus amics de tot el que havien descobert i per acomiadar-se'n.

—Sou molt **VALENTES, DE VOLER ARRIBAR FINS AL FINAL!** —va dir James.

—M'agradaria molt venir amb vosaltres! —va exclamar Philip—. Llàstima que aviat tindrem els **EXÀMENS**...

Paulina va somriure:

—No us preocupeu. Comprenem prou bé que la vostra vida a Cambridge és plena d'ocupacions!

—**Per sort** nosaltres tenim unes vacances llargues aquest curs —va dir Colette.

Semblava que als nois els sabia molt de greu.
Tot de sobte, a James se li va il·luminar la cara:
—Però hi ha una cosa que sí que podem fer... ACOMPANYAR-VOS a l'estació!
—Oi tant! —va dir Philip.
Malgrat les protestes de les Tea Sisters, que no volien fer perdre temps als seus amics, els dos nois van anar CORRENTS a parlar amb el

vigilant del seu dormitori i el van convèncer perquè els deixés el seu cotxe. Al cap d'un moment, les Tea Sisters ja estaven A PUNT de marxar.

—A reveure, amics meus, i gràcies per la vostra ajuda —va dir Paulina, SOMRIENT.

—Gràcies a vosaltres —va respondre James.

—Que tingueu sort! —els va desitjar Philip.

I després d'una gran abraçada col·lectiva, les Tea Sisters se'n van tornar cap a Escòcia.

Però quan van arribar a casa de Beitris, van descobrir que l'havien tornat a «visitar» els LLADREGOTS: la porta estava una mica malmesa i la finestra, trencada.

—Per mil bieles desbielades! Aquí ha passat alguna cosa! —va exclamar Pam.

Les noies es van acostar a la casa amb l'ai al cor.

—Beitris! —va cridar Nicky—. Beeeitriiis!

Al cap d'un moment, la seva amiga va sortir a la finestra.

—Ja no sóc cap criatura, però encara hi sento la

mar de bé, boniques! Ah, i per cert: **BENVINGUDES!** Passeu, passeu!

En veure la seva amiga sana i estàlvia, les Tea Sisters van exhalar un **SOSPIR** d'alleujament. Després van entrar i van començar a bombardejar-la amb preguntes.

La resposta de Beitris va ser anar a buscar una ampolla de suc de fruita a la cuina.

Les noies estaven cada vegada més NEGUITOSES, però ja havien après a respectar el ritme lent de la seva amiga escocesa.

Fins que no va acabar de parar TAULA, Beitris no es va decidir a explicar el que havia succeït:

—Aquells goril·les VAN TORNAR. Fa un parell de dies.

—Què dius, ara?! —va exclamar Nicky—. Que et van fer mal?!

Beitris va negar amb el cap i va comentar:

—Em van enxampar per SORPRESA, ho admeto, però no prou per impedir-me fer-los fora a cops d'escombra.

Colette no va poder reprimir una rialleta:

—Ets una passada, Beitris!

Però Violet estava PREOCUPADA:

—Què volien? Ja es van emportar el tapís l'altra vegada... Tens cap altre objecte semblant que tingui a veure amb Aurora?

Beitris va respondre:

—No, boniques, aquesta vegada no buscaven una cosa, sinó ALGÚ: vosaltres!

Les noies es van MIRAR, desconcertades.

Beitris va reprendre el seu relat:

—Van provar d'interrogar-me: volien esbrinar què hi teniu a veure amb Aurora i els seus descobriments. Naturalment, NO ELS VAIG REVELAR res de res. Se'n van anar amb la cua entre les cames: els vaig fer creure que la policia estava ARRIBANT, i Beira em va ajudar a fer-los fora de casa.

Com si hagués entès l'explicació, la gosseta, que estava arraulida sota la taula, va fer un grinyol.

—Quina sort!

AQUESTA HISTÒRIA NO M'AGRADA GENS

—va dir Paulina—. Hem de descobrir sens falta qui són aquells LLADREGOTS!

—Sí. L'única cosa que tenim clara és que es volen apoderar del TRESOR de què parla el tapís. Per sort, ara tenim una nova font d'informació... —va dir Nicky mentre TREIA un paquet de la seva motxilla i l'entregava a Beitris.

L'anciana el va mirar un instant, incrèdula. Quan el va obrir, amb cautela, els ulls se li van omplir de llàgrimes d'EMOCIÓ:

—No m'ho puc creure... —va xiuxiuejar—. El diari d'Aurora!

EL DIARI D'AURORA!

La carta oblidada

Mentre Beitris mirava el diari, embadalida, Nicky li va explicar:

—Parla d'una **llegenda** relacionada amb set tresors importantíssims escampats arreu del món. Nosaltres creiem que el **Jardí d'Alabastre** n'és un. Per desgràcia, hi falten unes quantes pàgines i no sabem on podem trobar més informació.

Beitris es va quedar *pensativa* un instant, i després va murmurar:

—Hi ha una cosa que encara no us he ensenyat...

Es va **ACOSTAR** a una prestatgeria molt alta, es va enfilar en una escaleta i va palpar amb una mà fins a trobar un objecte. Era una caixeta de **FUSTA** tallada, d'on va treure un sobre que semblava antic.

—Mireu, noies: és la CARTA que Aurora va enviar a l'àvia Petra quan li va encarregar que tingués cura del tapís.

—La petita Petra! —va exclamar Colette, SOMRIENT—. En parla al diari. Aurora li tenia molt d'afecte.

Beitris va assentir:

—Per a la meva àvia, la desaparició de la seva estimada germana gran va ser una autèntica TRAGÈDIA. És per això que el tapís tenia tanta importància: era un record d'Aurora.

—No pateixis, estimada Beitris —la va tranquillitzar Nicky, passant-li un braç per les espatlles—. Resoldrem aquest misteri. I recuperarem el TAPÍS, t'ho prometo!

Beitris va assentir i va allargar la carta a les noies.

Petra, germaneta estimadíssima,
la teva germana gran, l'exploradora, t'encarrega una missió molt important.
El paquet que t'he enviat conté un tapís. No te'n puc dir gaires coses, però sàpigues que porta a un tresor amagat.
El tornaré a buscar quan sigui l'hora; mentrestant, guarda'l amb cura. Potser passarà molt de temps, però confia en mi.
Oi que puc comptar amb tu, petitona?
Sé que ets un belluguet i una mica despistada, però no has fallat mai en les coses importants.
I aquesta ho és, i molt.
Algun dia t'ho explicaré tot, germaneta. Ara me n'he d'anar. T'envio un petonàs i una abraçada d'ós,

Aurora, la teva germana que t'estima

PS Si necessites ajuda, refia't només de Robert

—Però l'àvia no la va tornar a veure mai més... —va comentar Beitris, amb veu TREMOLOSA.

—És una carta molt bonica, s'assembla a les que tu escrius a Maria, la teva germaneta —va dir Colette a Paulina, amb un somriure—. Però no ens dóna cap pista nova.

—Aquest Robert que esmenta és aquell metge amb qui tenia una amistat especial, oi? —va preguntar Violet.

—Sí —va confirmar Beitris.

—Doncs potser ell en SABIA alguna cosa...

—Podria ser, però ara ja no hi és —va dir Beitris, SOSPIRANT. Però al cap d'un moment es va animar i va exclamar:— Ai, caram! Com és que no hi he pensat ABANS?!

Robert, un amic especial

—En què? —li van preguntar les Tea Sisters.

—Robert tenia un nebot que s'estimava molt i que es deia John. Una vegada el vaig anar a veure amb l'àvia. Feia poc que se n'havia anat a VIURE a França per treballar de faroner. Ara ja deu ser molt gran, però potser el podrem localitzar. Deixeu-me comprovar si en tinc més INFORMACIÓ...

Beitris va obrir un armari i en va treure una pila de fulls i quaderns. Els va remenar fins que va trobar un quadernet on hi havia el que buscava:

—Mi-te'l! John Neville viu a la Bretanya, concretament a Île-de-Sein. Què us sembla si l'aneu a VISITAR?

—És una gran idea! —va exclamar Paulina—. No et fa res quedar-te aquí tota sola?

—Em sé cuidar prou bé, i la comissaria de policia NO ÉS GAIRE LLUNY —va respondre la seva amiga—. A més, ara que sé que cinc noies tan fermes com vosaltres m'ajudaran a DESCOBRIR si és possible revelar el misteri d'Aurora, encara estic més tranquil·la.

Les Tea Sisters van SOMRIURE. Havia arribat l'hora de posar-se en marxa.

La Bretanya

Aquesta península occidental, estreta i escabrosa, és una de les zones més fascinants de França.
El paisatge bretó ofereix uns panorames molt bonics: penya-segats verticals a tocar del mar, turons suaus coberts d'una capa d'herba verdíssima, illots verges i fars que desafien l'ímpetu de l'oceà.

Un viatge amb sorpresa

Violet va fer un badall sorollós.

—Tants viatges seguits em resulten una miqueta... Uààà... ESGOTADORS...

Colette, que seia al seu costat a l'avió, va fer un somriure:

—Potser tens raó, Viví, però jo estic molt contenta de tornar a casa, a FRANÇA!

—Escolta, Cocó: si vols aprofitar per anar a veure la teva família a París, ja buscarem el rastre d'Aurora nosaltres quatre... —li va suggerir Paulina.

Colette va NEGAR amb el cap, molt decidida:

—Ni parlar-ne! I, a més, ja he avisat els pares: ens vindran a buscar a l'aeroport de París i ens PORTARAN a la Bretanya amb cotxe!

—Ets fantàstica, germana! —va exclamar Pam, contentíssima—. D'aquesta manera estalviarem molt de temps!

—Has explicat als teus pares l'objectiu de l'excursió? —va preguntar Paulina.

—Els he dit que feia un viatge amb les meves superamigues i que quan ens veiéssim ja els ho explicaria amb més detalls.

Al cap de mitja hora, l'avió va aterrar a l'aeroport parisenc de Charles de Gaulle. Colette va anar CORRENTS cap a la sortida: entre la multitud de persones que s'esperaven, hi havia els seus pares, que la van abraçar ben fort.

Les seves amigues s'alegraven de veure Colette tan FELIÇ, però no van poder evitar pensar en les seves famílies, tan llunyanes, i un vel de malenconia va caure damunt de les Tea Sisters. Co-

Quina alegria!
Benvinguda!

lette s'havia posat a XERRAR amb la seva mare, mentre el seu pare GUIAVA el grup cap a l'aparcament.

—Com que som set, he llogat una furgoneta —els va dir, INDICANT el vehicle que els esperava.

—Em sap greu. No calia que es molestés! —es va excusar Violet.

—No és cap molèstia. Colette no ve gaire sovint a França, i encara menys amb les seves quatre amigues. És el mínim que podia fer!

—Sempre parlo de vosaltres en els meus CORREUS ELECTRÒNICS i per telèfon! —els va explicar Colette, somrient.

—Tinc la sensació que us conec de tota la vida —va assentir la seva mare—. I parlant de coneixe's bé... —llavors va furgar dins de la seva bossa—. Mira, *mon chou,** t'he portat un detall:

UN ESTOIG DE MANICURA D'URGÈNCIA!

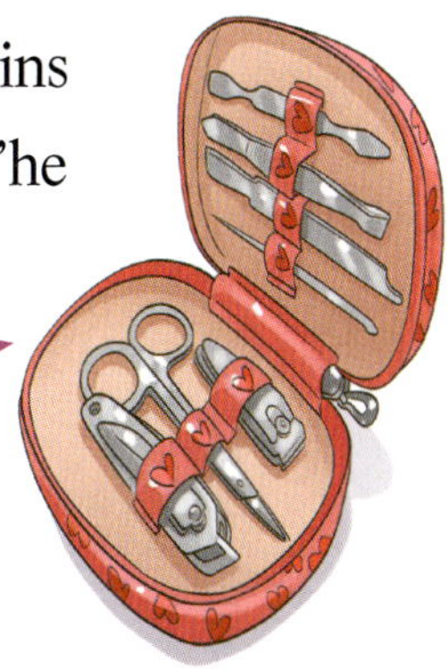

* En francès és un terme afectuós equivalent a «carinyet meu».

—Ets la millor mare del món! —va exclamar Colette, que va agafar el paquet i va abraçar la seva mare.

—Noies... Val més que ANEM PASSANT si voleu arribar a la Bretanya abans no es faci de nit! —va dir el pare de Colette.

Les Tea Sisters van entrar a la furgoneta i va COMENÇAR el viatge.

ARRIBADA A LA BRETANYA

Al cap d'unes quantes hores, tota la colla va arribar finalment a la **BRETANYA**. La destinació de les Tea Sisters era l'Île-de-Sein, al departament de Finisterre, que està situat a la part més occidental de la regió. El paisatge que les envoltava era verdíssim, i se sentia l'**AIRE DEL MAR**.

—La Bretanya us agradarà, noies: és una regió molt bonica que encara conserva la seva **CULTURA ANTIGA** —els va explicar la mare de Colette quan van arribar al poble d'Audierne, encerclat per un port.

La resposta de l'estómac de Pam va ser un **GRINYOL** sonor.

—Em fa l'efecte que algú té gana —va dir el pare de Colette, rient—. Què me'n dieu d'anar a sopar en un bon **RESTAURANT** de cuina local?

Paulina va assentir i va dir a les seves amigues:

—Ja és gairebé de nit. **Val més** que sopem, fem una bona dormida i demà al matí...

—Reprenem la nostra **MISSIÓ**! —va dir Pam, completant la frase.

—Una missió que us ha encarregat la universitat, oi? —va preguntar la mare de Colette.

—No ben bé... —li va respondre la seva filla, que després va afegir:— Seguim el RASTRE d'una aviadora que va viure fa gairebé un segle!

Als seus pares els va intrigar molt aquella resposta i per això, després d'aparcar la furgoneta, Colette i les seves amigues els van explicar la història d'Aurora Beatrix Lane i la seva descendent escocesa, Beitris, que ara corria perill per l'amenaça d'uns misteriosos lladregots.

—Hem trobat el diari d'Aurora i ara seguim la pista per provar d'esbrinar més coses sobre els TRESORS que buscava —va dir Paulina.

—Sobretot perquè és molt probable que els que van agredir Beitris busquin el mateix... —va reflexionar Violet.

El pare de Colette es va posar MOLT SERIÓS.

—Això que feu és bonic i noble, però aneu amb molt de compte... —va dir a les noies.

La mare, en canvi, va fer un SOMRIURE:

—*Mon cheri*,* la nostra Colette se sap cuidar tota

* En francès significa «estimat».

sola i, a més, l'acompanyen les seves fantàstiques amigues! Estic segura que RESOLDREU el misteri i retreu homenatge a la memòria d'Aurora. Però, al primer senyal d'una situació de PERILL, aviseu la policia sens falta!

Les noies van assentir i la van tranquil·litzar:

—Ho farem, no pateixi!

Mentrestant, havien TRAVESSAT tot el poble, admirant les seves boniques cases i les pintoresques botigues fins arribar al restaurant.

Colette va aconsellar els PLATS TÍPICS a les seves amigues i quan van començar a arribar els primers plats, totes van quedar embadalides amb les flaires i els sabors.

A Colette li brillaven els ulls d'alegria perquè estava amb els seus pares i tornava a degustar la seva estimada cuina francesa. Però Violet tenia una sensació estranya.

—AQUÍ PASSA UNA COSA RARA... —va xiuxiuejar a Paulina—. Em sento inquieta. Crec que ens espien.

MMM?
MIRA EL MENÚ!

Instintivament, Paulina va mirar al seu VOLTANT, i després va fer que no amb el cap:

—Qui vols que ens espiï? NINGÚ SAP QUE SOM AQUÍ!

—Tens raó —va dir Violet, amb un sospir.

I es va tornar a concentrar en el sopar, provant d'ignorar la sensació d'INQUIETUD que l'havia assaltat.

Un far llegendari

L'endemà al matí, després de fer nit en un hotel molt **bufó**, les Tea Sisters es van acomiadar dels pares de Colette, que havien de tornar a París. La mare de la seva amiga les va abraçar d'una en una, **murmurant**:

—Gràcies per ser tan bones amigues de la meva Colette. Sou **IMPORTANTÍSSIMES** per a ella.

El pare els va fer unes quantes recomanacions, i després van marxar amb la furgoneta.

—Per on **COMENCEM** a buscar, germanes? —va preguntar Pam.

Paulina li va respondre:

—Segons la recerca que vaig fer a la tauleta, John era el **GUARDIÀ DEL FAR** d'Ar-Men...

—«Era»? —li va preguntar Nicky, perplexa.

Paulina va assentir:

—Fa més de vint anys que el far està automatitzat. I a Internet no hi he trobat cap INFORMACIÓ sobre què se'n va fer, de John.

—Doncs el primer que farem és anar a Ar-Men i BUSCAR-LO allà —va comentar Nicky, que ja estudiava el mapa que Paulina havia desplegat a la tauleta—. Hem d'agafar el ferri.

Mentre solcaven les AIGÜES en direcció a un fragment de terra suspès en la blavor de l'oceà Atlàntic, les Tea Sisters van començar a fer CONJECTURES sobre on podrien trobar John, i a preguntar-se si ell les podria ajudar a trobar el rastre d'Aurora i afegir així una altra PEÇA al trencaclosques dels Set Tresors. Només Colette estava callada.

—Què et passa, Cocó? Que estàs cansada? —li va preguntar Paulina.

Colette va NEGAR amb el cap:

—No...

—Trobes a faltar els teus pares? —li va preguntar Violet amb delicadesa.

Colette va tornar a fer que no amb el cap.

—Doncs què et passa?

—QUE M'HE MAREJAT! —va dir Colette, sospirant.

—Ja m'ha semblat que tenies un to una mica **VERDÓS**, però em pensava que era un maquillatge nou... —va dir Pam, rient.

La seva amiga va remugar:

—Un maquillatge nou? Quina ximpleria! Amigues meves: tinc l'estómac completament REGIRAT!

—No m'estranya, hi ha una mica de mar grossa i el cel s'ha ENFOSQUIT —va comentar Violet, observant l'horitzó on es perfilaven uns enormes núvols grisos—. ÀNIMS, que ja falta poc per arribar-hi!

—Mireu! Île-de-Sein! —va exclamar Nicky.

Davant dels ulls de les Tea Sisters havia aparegut un portitxol amb una filera de casetes pintoresques.

Un cop van haver desembarcat, les noies van preguntar a un treballador del port, que els va INDICAR el far d'Ar-Men: llunyà, solitari i fuetejat per unes onades altes i escumejants.

—Com devia ser la vida, allà dalt...? —es va preguntar Nicky veient aquell ESPECTACLE.

—Solitària i molt difícil, però també molt emocionant —va fer una veu darrere d'elles—. Com és

Mireu, el far!
Està a punt de ploure!

que aquestes noietes s'interessen per un far remot i tan **PERILLÓS?**

Les Tea Sisters es van girar i es van trobar davant d'un vellet, amb **BARBA BLANCA** i uns ulls blaus penetrants.

—Busquem un antic guardià del far —va respondre Colette—. Es diu John. Que el coneix?

L'ancià va fer un somriure sorneguer:

—Per què el busqueu?

Les noies es van **INTERCANVIAR** una mirada: no podien revelar el motiu de la seva missió.

Paulina va prendre la paraula:

—Li volem fer unes **PREGUNTES** sobre el passat.

—Voleu saber com era la vida allà dalt, oi? —va respondre l'ancià, assenyalant el far d'Ar-Men.

—Exacte... —va començar a dir

Colette, però un centelleig als **ULLS** de l'home la va tallar.

L'ancià es va asseure en un banc i les noies van fer **rotllana** al seu voltant.

—Sabíeu que els faroners es podien passar més de tres mesos aïllats, quan les **TEMPESTES** impedien que els anessin a buscar? Tres mesos enmig del **MAR**, sense poder parlar amb ningú excepte el teu company, amb una tasca d'importància essencial per a tots els navegants, i les tempestes, que en els dies **PITJORS** feien tremolar tant les parets del far que et pensaves que s'**ESFONDRARIA** i tu cauries a l'abisme...

Les Tea Sisters es van mirar: totes havien pensat el mateix.

L'home va donar veu a aquell pensament:

—Sí, ho heu endevinat. **JO SÓC JOHN**.

EL FAR D'AR-MEN

El far d'Ar-Men, que en bretó significa «la roca», va ser construït durant la segona meitat del segle XIX en un sortint rocós que sorgeix al mig d'un tram de mar especialment impetuós. Per la seva posició aïllada té fama de ser un far molt perillós, i els seus faroners sovint s'enfrontaven a condicions extremes.

L'edifici no tenia calefacció, i l'única il·luminació que tenia era un llum de petroli. A més, solament es podien comunicar amb la resta del món amb la ràdio.

El far tenia tres guardians i, per torns, una barca en portava dos al far mentre el tercer es quedava en terra ferma. Però es podia donar el cas que, per culpa de les fortes tempestes que feien impossible la navegació, els faroners es passessin cent dies seguits al far!

La marea dels records

Les Tea Sisters no es podien creure la bona sort que havien tingut: havien TROBAT DE SEGUIDA John, el nebot de Robert, que ja era un ancià. Però ell encara no havia entès que les noies no el buscaven perquè els parlés de la seva vida com a GUARDIÀ DEL FAR, sinó d'una cosa que es remuntava molt enllà en el temps.

—Viure enmig del mar significava, de vegades, trobar-te enmig de la FÚRIA dels elements. I llavors no podies fer altra cosa que tenir cura de tu mateix. Però també hi havia dies en què l'alba al mar era tan perfecta que em sentia l'ésser més afortunat de la terra —va dir John, sense apartar la mirada d'Ar-Men, que es perfilava a l'aigua.

Semblava que parlés per a si mateix, en lloc de fer-ho amb cinc DESCONEGUDES.

—Ehem... Nosaltres... —va provar de dir la jove Colette.

Però John la va interrompre amb un gest:

—Sí, ja ho sé, tot això són batalletes d'un vell xerraire. Avui dia els fars estan **automatitzats**, i l'ofici de faroner ha caigut en l'oblit... —va dir en un to nostàlgic—. Possiblement us interessarà més veure FOTOGRAFIES, que sentir la meva xerrameca. O potser instruments de l'ofici. **VENIU A CASA MEVA!**

Havent dit això, John es va aixecar i es va dirigir cap a casa seva. Les Tea Sisters, desconcertades, no van te-

John de jove, al far

AIXÒ ÉS CASA MEVA!
QUE BONICA!

nir altre remei que seguir-lo per una PISTA de terra que s'enfilava en un turó.

—Potser a casa seva serà més fàcil parlar-hi —va comentar en veu baixa Nicky, que SEGUIA les gambades decidides de l'antic faroner.

—I potser hi guarda algun RECORD de Robert i Aurora! —va afegir Colette, esperançada.

La caseta de John era a la part alta del poble i, al seu VOLTANT, només hi havia prats i roques. Des d'allà, la vista d'Ar-Men encara era més fascinant, i l'aire era increïblement net i salabrós.

—PASSEU, SISPLAU —va dir John, fent un gest a les Tea Sisters perquè hi entressin.

A l'interior, el mobiliari era escàs, com també ho devia ser la casa del far: una taula amb dos bancs de FUSTA, unes finestres rodones que semblaven ulls de bou i un llit senzill en un racó.

John va obrir un calaix i en va treure uns QUADERNS i uns instruments antics per fer mesures nàutiques.

—Són els meus records d'aquella època —va explicar.

—**QUE ESCRIVIA UN DIARI?** —va preguntar Nicky, observant els quaderns.

John va assentir.

—És un costum que vaig aprendre d'una persona molt **ESPECIAL** que vaig conèixer de molt petit. Ella escrivia **CADA DIA** tot el que li havia succeït, i els seus descobriments...

—Per casualitat es deia... *Aurora?* —va preguntar Colette.

John es va sobresaltar:

—**I TU COM HO SAPS?!**

—Miri què tenim —va dir Nicky, traient el diari d'Aurora de la motxilla.

John el va agafar, sense dir res. Al cap d'un instant llarguíssim, va **murmurar**:

—Qui sou? Què hi heu vingut a fer, aquí?

Nicky li va explicar la història en poques paraules: com havien **CONEGUT** Beitris, una renebo-

da d'Aurora que conservava el tapís que l'exploradora havia regalat a la seva àvia; com uns desconeguts havien ROBAT aquella peça, i com elles havien decidit seguir el rastre d'Aurora, perquè la **seva història** les havia colpit i volien ajudar la seva amiga escocesa.

—Beitris? Oi tant que me'n recordo! —va fer John, arrugant el front—. Una nena petita d'ulls blaus, la preferida de l'àvia Petra...

Les Tea Sisters van assentir. Per fi, els fils d'aquella història començaven a entrellaçar-se, i l'esperança d'esbrinar-ne més coses es convertia en una certesa.

—Vam ser a la universitat anglesa on va estudiar Aurora, i allà hi vam trobar aquest diari —va explicar Violet—. El diari parla del tresor relacionat amb el tapís robat, el **Jardí d'Alabastre**, però s'interromp abans d'entrar en més detalls.

—Sabem que Aurora només es refiava de Robert —va dir Colette—. I Beitris ens va dir que ell tenia un **nebot** que s'estimava moltíssim.

—Vostè és l'última esperança que tenim per saber més coses d'*Aurora* i del misteri dels tresors —va concloure Paulina.

John va treure una **FOTOGRAFIA** petita d'un dels quaderns:

—Té gairebé un segle.

Aurora, Robert i el petit John

—**Però si és... Aurora!** —va exclamar Pam, assenyalant amb el dit la somrient aviadora de la fotografia.

Les Tea Sisters van tenir una sorpresa molt agradable i volien fer un munt de preguntes a l'antic faroner.

John va sospirar i la seva expressió es va endolcir.

—Era una persona **MERAVELLOSA**. Valenta i sempre alegre. Jo era molt petit quan va desaparèixer... Parlem de fa moltíssims anys! Però me'n recordo com si fos ahir. Sempre em deia:

John, no oblidis mai
que és molt important
perseguir els teus somnis!

—És un bon consell —va comentar Colette, somrient—. Nosaltres també ens **ESFORCEM** cada dia per aconseguir els nostres propòsits.

—Em penso que va ser gràcies als seus consells, que no vaig dubtar a perseguir amb anhel el meu i vaig acabar enmig del MAR, fent la feina que a mi m'agradava: de faroner, en contacte amb les onades i les marees —va explicar John, amb aire somiador. Després es va allunyar dels seus pensaments i els va dir:— Us ajudaré en tot el que pugui. Vull retre homenatge a la memòria d'Aurora. Pregunteu-me el que vulgueu.

UNA CADENA DE MISTERIS

Finalment, les Tea Sisters podien sentir les paraules d'un testimoni de la vida d'Aurora. Estaven emocionades i esperançades: potser el relat de John els proporcionaria una nova PISTA que les ajudaria en la recerca.

—Ens podria dir alguna cosa més sobre el TAPÍS? —li va demanar Paulina.

John es va concentrar:

—No en sé res, d'aquest tapís. Penseu que els meus records més antics són de quan Aurora i Robert ja eren els millors amics del món, i em penso

que molt més que això, encara que el meu tiet no m'ho va revelar mai perquè era molt reservat.

—Li devia afectar molt la DESAPARICIÓ d'Aurora, oi? —va comentar Colette.

John va assentir:

—Jo era un nen, però recordo que va ser una ÈPOCA TERRIBLE per a ell. Durant molts anys va fer investigar la zona on havien desaparegut ella i el seu professor, però va ser INÚTIL...

—Aurora i el seu professor?! Vol dir **Von Klawitz?!** —va exclamar Nicky.

—Sí, ell. Van desaparèixer al MATEIX LLOC i al MATEIX MOMENT, durant una tempesta terrible; però viatjaven a bord d'avions diferents. No es va aclarir mai com va anar la cosa, però jo crec que entre tots dos hi havia un CONFLICTE, i que aquell dia l'un PERSEGUIA l'altre.

Les Tea Sisters van sentir una esgarrifança.

—Això va succeir uns anys després del que Aurora relata al seu diari —va reflexionar Violet.

—Vostè creu que les DIFERÈNCIES entre Aurora i el professor van durar tants anys? —va dir Colette, rumiant-hi.

—És possible. Però tot el que us he dit és una RECONSTRUCCIÓ, una hipòtesi —va dir John—. No en vaig tenir cap informació directa, perquè al tiet John no li agradava parlar de la DESAPARICIÓ d'Aurora. Més ben dit: en parlava molt poc... Era un record massa dolorós.

—És comprensible... —va murmurar Colette.

—Durant els meus anys de SOLEDAT al far, fer recerques sobre Aurora i els seus descobriments es va convertir en el meu passatemps preferit. Era una dona extraordinària i una amiga del cor del meu tiet. I volia mirar d'entendre què se n'havia fet.

Havent dit això, John va treure del CALAIX un quadern diferent dels altres.

Era més gruixut i, entre les pàgines, hi havia retalls de DIARI i notes de tota mena.

—Mireu...

L'ÚLTIM VOL D'A. B. LANE I J. VON KLAWITZ

Setembre - Desapareix Aurora Beatrix Lane, anglesa, famosa per les seves exploracions i excavacions arqueològiques. Anava a bord del seu avió quan va esclatar una tempesta.
També desapareix en les mateixes circumstàncies el professor de Cambridge Jan Von Klawitz, antic ensenyant d'A. B. Lane i, segons diuen els rumors, competidor de la seva exalumna durant els últims anys.
Fa dos dies que continuen les recerques, malauradament sense èxit.

—És veritat! Aurora i el professor s'havien enemistat per culpa dels set tresors? —va comentar Pam.

—Quins SET TRESORS? —va preguntar John.

—Al seu diari, Aurora esmenta la troballa d'un

volum antic que contenia la llegenda de set tresors de valor incalculable, que estan amagats en set indrets secrets d'arreu del món —li va explicar Violet.

I, per acabar, Nicky va dir:

—Aurora i Von Klawitz tenien **IDEES DIFERENTS** pel que feia als tresors. Ella els volia treure a la llum perquè fossin patrimoni de la humanitat, ell se'ls volia quedar i conservar-los **ZELOSAMENT** a la seva valuosíssima col·lecció particular.

John va somriure:

—Ara ho entenc tot. Aurora va ser una **ARQUEÒLOGA** força original. No es va voler especialitzar en una època ni un estil concrets, sinó que va viatjar per tot el món, combinant el seu **amor** per l'arqueologia amb l'interès per l'exploració. I sabeu quants viatges va fer a la recerca de troballes arqueològiques?

—**SET!** —van exclamar alhora les Tea Sisters.

—Justa la fusta!

—Llavors només necessitem saber les destinacions d'aquests **SET VIATGES**: el primer ha de correspondre amb el descobriment del **Jardí d'Alabastre**, i llavors podrem esbrinar de quin tresor parla el **TAPÍS** i salvar-lo de les urpes d'aquells lladregots! —va dir Paulina, d'una tirada.

John va brandar el cap:

—És clar, seria perfecte... però hi ha una pega: no he pogut establir les **DESTINACIONS EXACTES** d'Aurora. Sembla increïble, però va aconseguir mantenir en secret totes les seves investigacions. Ara entenc per què.

—No volia que **Von Klawitz** li posés cap trava —va concloure Violet.

—Doncs tornem a estar com al començament... —va murmurar Colette, desconsolada—. No tenim cap pista sobre el tresor del **Jardí d'Alabastre** i no podrem ajudar Beitris!

—Potser sí que podrem —va dir John, abans de posar-se a regirar diaris i quaderns—. **Mi-te'l! Tal com recordava!**

L'ancià faroner va ensenyar a les noies un retall de diari esgrogueït, on es podia llegir el títol:

«La jove arqueòloga
Aurora Beatrix Lane
a la descoberta de Mèxic».

I a sota, hi havia el text desgastat d'una entrevista.

—MÈXIC... —va reflexionar Violet—. El tresor que busquem podria SER ALLÀ!

—Doncs ja podem fer les maletes i preparar-nos per començar una nova etapa de la *NOSTRA MISSIÓ!*

Maquinacions a l'ombra

A les profunditats del seu búnquer secret, el president de la LVK caminava nerviosament pel seu laboratori. El seu pla avançava A CÀMERA LENTA. Així que havia acabat de reconstruir la llegenda dels Set Tresors, havia començat a buscar-los, i l'única que havia deixat RASTRES útils era Aurora Beatrix Lane.

Però totes les seves recerques anaven a parar A UN CUL-DE-SAC i, com que no hi estava acostumat, no li feia cap gràcia. Per aclarir les idees, va fer allò que li agradava més: ADMIRAR en solitari la seva col·lecció de peces rares, de valor incalculable. L'havia començat el seu besavi i ell tenia la intenció de completar-la a qualsevol preu.

Es va acostar a una porta METÀL·LICA que hi havia en una paret del laboratori i va pitjar ràpidament un codi al TECLAT NUMÈRIC que hi havia al costat.

La porta es va obrir de cop. Quan hi va entrar, es va encendre l'EN-LLUMENAT automàtic, que va inundar de claror una sala sense mobles on destacaven tot d'objectes valuosos col·locats en vitrines de vidre.

Mentre s'hi passejava, el president va tocar les vitrines que contenien les seves troballes preferides: l'estàtua egípcia gairebé perfecta, el petit mosaic romà refet, un relluent collaret maia, una corona medieval...

Després va anar cap al fons de la sala, on la llum era més feble i SET VITRINES BUIDES centellejaven en la penombra.

—SERAN MEUS, AURORA... tots seran meus —va murmurar entre dents el president.

En aquell moment, el comunicador va VIBRAR al seu canell.

—Digues, Cassidy —va dir secament després d'ACTIVAR la comunicació.

—Som a França. JA HEM LOCALITZAT LES NOIES. SÓN CINC.

—Qui són? Policies? Agents d'una organització? ARQUEÒLOGUES fanàtiques?

—No, president... són unes estudiants de Ratford que eren de vacances en una granja dels voltants. Unes noies normals i corrents, vaja...

—QUÈ VOL DIR, «NORMALS I CORRENTS»?

—va rugir el president—. I com és que van ajudar la senyora que custodiava el TAPÍS?!

—Es veu que ho van fer per esperit solidari, president.

La resposta va ser una rialla enrogallada.

—L'ESPERIT SOLIDARI JA NO EXISTEIX EN AQUEST MÓN!

Deuen ser cinc intrigants que es volen apoderar dels tresors.

En aquell moment, Cassidy es va escurar el coll i va afegir:

—Sigui com sigui, també hem DESCOBERT una cosa molt interessant. Pel que sembla, les noies tenen un diari d'Aurora Beatrix Lane.

—Un diari, dius? —va comentar el president, i tot seguit va exclamar:— Es pot saber què espereu? Els hi heu de PRENDRE!

—En aquest moment, les noies són a casa d'un tal John, un antic faroner, i haurem d'esperar que...

En sentir aquelles paraules, el president es va ENFURISMAR:

—No m'interessen els detalls! Els preneu aquell diari com sigui i ME'L PORTEU aquí.

—Rebut! —va respondre Cassidy, abans que el president tallés la comunicació.

Una sorpresa desagradable

Per a les Tea Sisters havia arribat l'hora d'acomiadar-se de John, que s'havia revelat com una persona sensible i disposada a **AJUDAR-LES**. Les cinc amigues li van donar les gràcies i li van prometre que el mantindrien informat de qualsevol novetat.

—Si ens dónes el teu E-MAIL, podem... —va començar a dir Paulina.

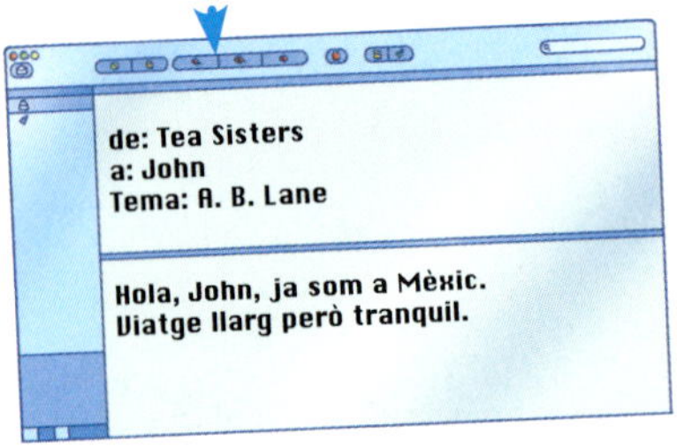

—Un E-MAIL, dius? Jo no faig servir aquests invents moderns!

—Doncs el número de **mòbil** —va suggerir Nicky.

—No en tinc! És que m'atabala estar localitzable...

Colette va fer una rialleta:

—Entesos... ***T'escriurem una carta!***

—Molt bona idea! I, de moment, emporteu-vos això —va dir John, **ALLARGANT** un paquet a les noies.

—Però si és el teu quadern d'**APUNTS** sobre la vida d'Aurora! —va exclamar Paulina, incrèdula.

John va assentir:

—Hi ha tot el que vaig poder esbrinar sobre l'**EXPEDICIÓ** a Mèxic, l'única de la qual tinc notícia. Espero que us sigui útil.

Les Tea Sisters li van donar les gràcies i es van tornar a posar **EN MARXA**.

El viatge de França a Mèxic seria llarg: primer havien de tornar a París amb TREN i allà agafar un avió.

Quan acabaven d'embocar el carreró solitari que portava al port, tres individus van SORGIR del no-res.

—Agafeu-los les motxilles! —va ordenar una veu femenina.

Tot va succeir en un tres i no res: la dona que havien VIST a casa de Beitris, amb barret negre i ulleres de sol, i els altres dos individus es van abraonar sobre les Tea Sisters per prendre'ls les motxilles.

—Deixa-la anar, mocosa! —va cridar un dels lladregots, ESTIRANT la motxilla que Nicky no volia deixar anar.

—JA T'HI AJUDO JO! —va fer el seu còmplice, que ja havia examinat i tirat per terra el contingut de la motxilla de Violet. En un instant va IMMOBILITZAR Nicky mentre l'altre li prenia la motxilla.

—**MI-TE'L! JA L'HE TROBAT!** —va exclamar brandant el diari d'Aurora.

—No ens el prendreu! —va cridar Colette, ***LLANÇANT-SE*** contra ell.

L'home la va mirar amb una expressió **BURLETA** i li va dir:

—Què vols fer, bleda rosseta?!

—QUI ÉS LA BLEDA ROSSETA?! —va replicar Colette, clavant una trepitjada al peu del lladregot, que per un segon va afluixar la pressió. El diari li va sortir VOLANT de les mans i va fer una pirueta en l'aire. Nicky va fer un salt endavant per ENTOMAR-LO, però l'altre goril·la va ser més ràpid i el va aferrar amb un gest segur.

—Ja n'hi ha prou de jocs —va rugir AMENAÇADOR, ficant-se el diari a la jaqueta.

—Deixeu estar aquestes mocoses i toquem el dos! —els va ordenar Cassidy, que va arrencar a CÓRRER en direcció al port. Les Tea Sisters van collir les motxilles de terra i van començar a PERSEGUIR-LOS.

—Força, germanes! —va cridar Pam, mentre totes cinc empaitaven els lladregots.

—Ja els tenim... OH, NO! —va exclamar Paulina, assenyalant davant seu. Els tres individus pujaven a una barca, i en pocs segons ja serien lluny.

—PUGEM EN AQUESTA! —va cridar Nicky, saltant a bord d'una altra barca.

Les seves amigues la van SEGUIR i ella es va posar a remar vigorosament.

Potser perquè pesaven menys, o perquè Nicky era una vogadora excel·lent, al cap de poc temps les Tea Sisters ja eren A TOCAR de la barca dels tres lladregots. Violet, que era a la proa, es va allargar tant com va poder per estrebar la jaqueta del rosegador que portava el diari.

—Força, Viví, que ja és teu! —l'animava Colette.

Però quan Violet estava a punt d'agafar-lo, el lladregot li va aferrar un braç i la va fer caure a l'aigua.

—Viví! —va xisclar Colette.

AGAFA'T AL REM!

TOQUEM EL DOS!
JA M'HI AGAFO!

Nicky es va **ABOCAR** a l'aigua per auxiliar-la, mentre Pam agafava el rem i l'acostava a Violet, dient-li:

—Agafa-t'hi i **APROPA'T** a la barca!

Per sort, Violet era una gran nedadora i, amb l'ajuda de les seves amigues, va pujar a bord al cap d'uns instants.

—**DESGRACIATS!** —va exclamar Colette, amb la veu tremolosa per la frustració.

—Han fugit amb el nostre diari —va dir Violet, DESCONSOLADA, mentre s'escorria la cabellera xopa.

La destinació següent

Les Tea Sisters van arribar al port desconsolades. Violet havia començat a ESTERNUDAR i van entrar a una fonda, on la noia podria prendre un te calent i posar-se ROBA seca.

—No em sé avenir que el diari d'Aurora estigui en mans d'aquells individus —va dir, desanimada—. Si hagués estat més RÀPIDA l'hauria pogut recuperar, i...

—Què dius, Viví! —va replicar Colette—. Aquells lladregots són GRANS, grossos i MALVATS. No han dubtat a tirar-te a l'aigua!

—Sí, però...

—El més **important** és que tu estiguis bé —va dir Nicky—. Com deuen haver sabut que el teníem nosaltres, el diari?

—Al RESTAURANT! —va exclamar Paulina—. Viví, te'n recordes que ens has dit que et senties observada? És molt probable que aquells individus ens hagin SEGUIT i ens hagin sentit parlar del diari amb els pares de Cocó!

Colette es va quedar bocabadada de la sorpresa.

—Ostres, aneu a saber des de quan ens ESPIEN! Qui deuen ser?

—Aviat ho esbrinarem —va respondre Paulina—. Però el més important ara és continuar la nostra INVESTIGACIÓ.

—Tens raó! —va dir Colette, somrient—. Què en sabem, del viatge d'Aurora a Mèxic?

Pam va posar el QUADERN de John damunt de la taula i va dir:

—Encara sort que no ens l'han pres!

Les noies van obrir el quadern i van estudiar el contingut. Hi havia retalls d'articles de diari antics, fotos i apunts.

—Déu n'hi do! John té una cal·ligrafia espantosa! —va comentar Pam—. No entenc res de res!

—Sí, però les notes són acurades. Ha reconstruït el recorregut d'Aurora... Va marxar d'Anglaterra i va arribar a Mérida, a l'estat de Yucatán, en diverses etapes. Des d'allà, va fer cap als jaciments arqueològics de la ruta de Puuc.

Mèxic

Mèxic ofereix, en un únic estat, selves tropicals, deserts, volcans i ciutats històriques fascinants. A més, gràcies als seus nombrosos jaciments arqueològics, visitar Mèxic és com fer un viatge al passat increïble, a la descoberta de civilitzacions antigues i tresors d'un gran valor artístic i cultural.

—Si la seva destinació era YUCATÁN... el tresor podria estar allà —va observar Colette.

—Hi ha un detall, però, que no em quadra... —va reflexionar Violet, tocant-se els CABELLS per comprovar si ja se li havien assecat.

—QUÈ VOLS DIR, VIVÍ?

—Si era un tresor tan valuós que calia mantenir-lo en secret, i Aurora va deixar el TAPÍS a la seva germaneta com a pista per saber-ne la ubicació, m'estranya molt que es trobi a prop del famós JACIMENT on va treballar Aurora en l'única expedició que va fer pública —va explicar Violet.

Paulina hi estava d'acord:

—És probable que no hi trobem el TRESOR, però potser sí una pista per localitzar-lo... o una altra cosa!

—Sigui com sigui, ens hem de posar EN MARXA! —va dir Violet, posant-se la jaqueta—. I aquesta vegada no ens posaran bastons a les RODES!

INCOMPETENTS!

Al laboratori secret de la **LVK**, una ràpida sèrie de **LÍNIES VIBRANTS** va recórrer el monitor de les comunicacions amb l'exterior, que es va il·luminar i va mostrar una imatge.

Un quadern vell i malmès, però amb una coberta que conservava l'*elegància*, destacava en la pantalla. El president va fer un sospir de satisfacció i va preguntar:

—És el *diari* d'Aurora? L'autèntic?

La imatge va canviar i va aparèixer el rostre de Cassidy.

—Sí, és el diari d'Aurora Beatrix Lane, sens dubte. Data de fa gairebé un segle —va explicar la rosegadora—. Comença el dia de la seva llicenciatura al Girton College. Parla del seu primer any d'arqueòloga professional i de com el seu...

—No t'enrotllis! Hi diu res dels tresors? En parla? Els DESCRIU?

—Relata com va anar la troballa del volum que contenia l'antiga llegenda dels SET TRESORS. I...

—I revela on es troba el primer, oi? —la va interrompre el president, que frisava a la butaca.

—Malauradament, no —va respondre FREDAMENT Cassidy—. El diari s'acaba abans d'entrar en detalls i no hi diu res del tresor ni tampoc que l'hagués trobat. Només esmenta que es troba en un misteriós Jardí d'Alabastre...

—Què?! No pot ser... No revela on és?

—Em sap greu, però no.

El president es va quedar en silenci un instant.

Després li va ordenar:

—Envia-me'l escanejat.

—Ara mateix, president.

Al cap d'un instant, en una altra PANTALLA del laboratori, hi van aparèixer totes les pàgines del diari d'Aurora DIGITALITZADES.

El president les va llegir l'una rere l'altra, cada vegada més nerviós.

Havia tallat bruscament la comunicació amb Cassidy i s'havia CONCENTRAT en l'anàlisi del diari, però, tal com li havia dit la seva ajudant, no hi havia cap indicació clara sobre el primer tresor.

—El Jardí d'Alabastre... —va llegir en veu alta.

Aquella fórmula també apareixia al tapís, però no li feia pensar en res conegut: no la RELAcionava amb cap de les civilitzacions antigues que coneixia i de les quals tenia peces molt ben conservades. De què es tractava? Sens dubte era un tresor d'un valor incalculable... Possiblement joies... però, on estaven amagades? Com de costum, semblava que Aurora es divertís escampant enigmes. Al final, el president va llegir les últimes pàgines.

12 de febrer

Estimat diari,

Ja he refet gairebé del tot el lloc en què he guardat el primer dels Set Tresors, el Jardí d'Alabastre, que la llegenda relaciona amb la joia del palau.

Només em falta una petita peça.

Em fa molta il·lusió treure a la llum aquella meravella, però no sé què he de fer.

Ja saps que només ho he explicat a Robert; ell diu que he d'anar amb molt de compte, perquè una troballa tan valuosa farà dentetes a molta gent.

De moment, la meva recerca és un secret per a tothom, començant pel professor Von Klawitz.

Però, quan trobi el tresor, hauré de trencar el silenci o no?

Hi ha cap manera d'aconseguir que el descobriment no estigui en perill?

Potser valdria més saber on es troba i després entregar la informació xifrada a una persona de confiança.

Quan vaig començar a estudiar arqueologia no m'imaginava que toparia amb situacions tan difícils, però, tal com sempre diu Robert:

«Quan una cosa ens apassiona, hi hem de posar cor i ànima».

Tinc tantes ganes d'abraçar el meu estimat Robert... Molt sovint m'envia unes cartes que em donen un gran consol.

RN

Cuida't molt en aquesta expedició també, estimadíssima Aurora, dolça exploradora. Ja saps que per a qualsevol problema pots comptar amb el teu amic devot,

Robert

Avui he tornat a Cambridge i he anat a saludar els meus professors.

Quina alegria tornar al lloc on vaig estudiar per convertir-me en arqueòloga i coronar el meu somni!
Quant d'esforç, però també quantes satisfaccions!

Adéu, estimat diari, he decidit deixar-te aquí, en un petit amagatall que construiré.
Estaràs ben amagat i et podré venir a buscar quan em facis falta.

Adéu, diari meu...

—Aurora, la reina dels misteris! —va remugar el president. Després va trucar a Cassidy:— Aquest diari és totalment INÚTIL. Què se n'ha fet, de les noies?

—Tornen a estar de VIATGE, president.

—Ah, sí? Que interessant...

Al cap d'un instant de silenci, el president va ordenar:

—Torneu a SEGUIR-LES. Tinc el pressentiment que aquesta vegada ens conduiran al lloc encertat.

Ja venim, Mèxic

Les Tea Sisters van arribar a Mérida, Mèxic, dissabte a la tarda. I van descobrir una ciutat LLUMINOSA i ALEGRE, plena de palmeres i arbres verdíssims, edificis elegants i monuments.

—Seria fantàstic tenir temps per visitar la ciutat —va dir Colette, amb un sospir MELANCÒLIC.

—Tens raó, però la missió que hem de portar a terme és més important —va replicar Nicky, decidida—. I, parlant de tot... *Per on comencem?*

Paulina va respondre:

—Ens guiaran els apunts de John. Però ara buscaria un bar per asseure'ns a fullejar-los i decidir per on TIREM. Si hi esteu d'acord, és clar.

—Jo voto que sí! —va exclamar Pam, enèrgica.

Al cap de poca estona, les cinc amigues seien a la

QUINA CIUTAT MÉS BONICA!
I QUIN MENJAR TAN BO!

terrassa d'un bar on van demanar les especialitats TÍPIQUES de la zona: uns *tacos* farcits d'ou dur anomenats *papadzules*, i *marquesitas*, unes creps farcides de formatge. Durant uns quants MINUTS no van parlar: les noies estaven concentrades gaudint de l'àpat per carregar les piles. Després, mentre es cruspien unes postres fetes amb pinya, mel i coco, Paulina va treure de la motxilla el QUADERN que els havia donat el faroner de la Bretanya i el va fullejar.

—Segons els apunts de John, Aurora havia decidit RECÓRRER la ruta de Puuc, una via antiga que inclou més de quaranta quilòmetres de carreteres secundàries i voreja alguns dels principals jaciments arqueològics del Yucatán. Doneu-hi un cop d'ull.

—Perfecte! La idea és fer aquesta RUTA seguint el rastre d'Aurora, oi? —va preguntar Violet.

Paulina va assentir:

—Hi ha una pega: la via té forma d'ANE-

La ruta de Puuc

A partir de l'any 750 aC, al territori de l'actual Mèxic i regions limítrofes, hi va sorgir i prosperar la civilització maia. Els maies es van dedicar a l'art, l'arquitectura, les matemàtiques i l'astronomia. A més, va ser la primera civilització sud-americana que va crear un complex mètode d'escriptura. Van fundar nombroses ciutats, que avui dia figuren entre els jaciments arqueològics més famosos del món, entre els quals hi ha les poblacions de la ruta de Puuc, que recorre la península.

LLA, i comunica nombrosos jaciments escampats per tot el territori. Segons les recerques de John, Aurora en va visitar més d'un...

Violet va fer un SOSPIR de cansament:

—Això vol dir que... l'haurem de recórrer tota i aturar-nos en cada ETAPA. Creuem els dits perquè Aurora hi deixés un rastre del seu pas...

—...i una pista nova que ens condueixi al tresor —va concloure Colette.

—Per mil bieles desbielades! —va exclamar Pam—. Serà una recerca **LLARGUÍSSIMA!**

Les noies es van quedar un instant en silenci, indecises sobre què havien de fer.

Després Nicky va **PREGUNTAR**:

—John parla de cap lloc en particular, en els seus **APUNTS?**

—No... Solament hi esmenta la ruta de Puuc... —va respondre Paulina, brandant el cap. De sobte, es va quedar immòbil.— Tret que... —La noia va fullejar ràpidament les pàgines finals del quadern i després va **EXCLAMAR**:— Mi-te-la! Això ens pot servir d'ajuda!

—Què has trobat? —li va preguntar Nicky.

—Una carta d'*Aurora* a **Robert**. Potser hi trobarem una pista útil!

—Vinga, llegim-la del dret i del revés, germanes! —va proposar Pam, amb un **entusiasme** renovat.

Les noies van fer rotllana al voltant de Paulina...

Mérida, 8 de setembre

Estimadíssim Robert,
Mèxic és meravellós! Un país alegre i bellíssim, la gent és simpàtica i hospitalària. El Yucatán és extraordinari: hi ha un munt de piràmides antigues escampades per unes selves verdíssimes...

Avui he començat el recorregut. Aprofito aquest viatge de treball per reflexionar. La troballa de fa set mesos encara em té preocupada. Vaig fer bé de mantenir-la en secret?
Al final, he decidit que només em puc refiar del diari, que ja he acabat i he amagat a les profunditats d'un indret invisible, protegit pels animals més xerraires.

Estimadíssim amic, aquí també et trobo a faltar moltíssim.
Fins aviat,

Una abraçada,
Aurora

—Mmm... no ho entenc. Quina troballa havia fet, **SET MESOS ENRERE?** —va fer Nicky, arrugant el front.

—I al final, quan parla de l'indret invisible? És **INCOMPRENSIBLE**... —va comentar Pam.

Violet va negar amb el cap:

—Doncs jo ho he entès. La troballa que mantenia en secret podria ser el primer tresor.

Colette va assentir:

—I això explica que no ho **DIGUÉS** a ningú...

—Només al seu diari! —va exclamar Paulina—. Que devia amagar en algun lloc.

—*A les profunditats d'un indret invisible, protegit pels animals més xerraires* —va citar Nicky—. És un missatge **EN CODI** per revelar l'amagatall del diari!

Violet hi va estar d'acord:

—Sens dubte. El que haurem de fer és ***desxifrar-lo*** i trobar el segon diari, que segurament deu contenir informació sobre el tresor!

—Un indret invisible... Potser és un lloc tan fosc que de nit desapareix en la NEGROR... —va reflexionar Pam.

—I l'animal més xerraire? No sé quins ANIMALS hi ha al Yucatán —va dir Nicky.

Paulina va agafar la **TAULETA** i va començar a escriure. Al cap d'uns instants va exclamar:

—Ja està! Ja sé on hem d'***ANAR*** a buscar informació sobre aquest territori: a la biblioteca universitària. Estic segura que hi trobarem **tot el que necessitem!**

Un amic nou

La seu de la biblioteca era un edifici molt gran en ple centre de la ciutat.

Les Tea Sisters van agafar uns quants llibres de geografia i tradicions locals. Però trobar la informació adequada a partir de l'ENDEVINALLA d'Aurora no era gens fàcil.

—**Pst... que has trobat alguna cosa?** —va murmurar Pam a Colette, que seia a prop d'ella, darrere d'una gran pila de volums.

—M'estic llegint l'enciclopèdia del Yucatán, però és una gesta impossible! —es va queixar la seva amiga.

Un ancià amb ULLERES gruixudes es va escurar el coll, empipat per la xerrameca.

—Uf... ja no sé on més buscar! —va dir Pam.

—Si vols **UN PARELL** de volums de l'enciclopèdia, te'ls passo, eh?!

—XST! —va xiular l'home, irritat.

—Perdoni —va murmurar Colette. I després va tornar a parlar amb la seva amiga, en veu més baixa:—No hi he trobat cap entrada que parli d'un INDRET INVISIBLE. I no sé si es refereix a un poble o a un lloc de la selva!

—UNA MICA DE RESPECTE, SISPLAU!

—va bramar l'home.

Colette es va posar vermella i va tornar a acotar el cap damunt de les enciclopèdies, mentre Pam s'aixecava per anar a buscar un altre llibre. Colette tot just acabava de reprendre la lectura quan un objecte li va «aterrar» al costat de la mà. Atònita, el va agafar i es va adonar que era un paperet cargolat on algú hi havia escrit:

—UXMAL.

Colette va alçar el cap per veure qui li havia enviat aquell missatge tan estrany, i aleshores va veure, a la taula del costat, un noi d'ulls vius i bigoti fosc, que la mirava SOMRIENT.

—Per mi que la ciutat invisible és Uxmal —va dir el noi—. Aquest jaciment, un dels més bonics que tenim, el van abandonar no se sap per què i el va cobrir una vegetació tan frondosa que va ser pràcticament invisible fins que, al segle XIX, uns arqueòlegs el van treure a la LLUM novament.

El senyor de les **ULLERES** es va aixecar i, fent un gest teatral, va tancar els llibres que consultava.

—Això és massa! Em queixaré a la direcció de la **biblioteca!** —va exclamar.

Colette estava avergonyida: li sabia greu haver **MOLESTAT** l'home.

Llavors, en un xiuxiueig, va preguntar a aquell noi:

—Per què m'has escrit el missatge?

—Sortim! —li va proposar ell.

Quan van ser al porxo de la biblioteca es van poder presentar.

—Molt de gust, em dic Diego. Abans he sentit que parlaves amb la teva amiga d'un indret **INVISIBLE**, i crec que es podria tractar d'Uxmal.

—És un jaciment arqueològic, oi? —li va preguntar Colette.

El noi va assentir i ella no va poder reprimir un crit:

—**FANTÀSTIC! JA HEM RESOLT L'ENIGMA! GRÀCIES!** Ah, i jo em dic Colette.

Diego li va donar la mà.

—Encantat. Quin enigma havíeu de resoldre? De què es tracta?

—Daixò... No, és que **busquem** una persona. Vull dir una cosa. Un diari.

—A Uxmal?

Colette va assentir:

—Ho he de dir a les meves **amigues**, i hem d'anar a aquest lloc al més aviat possible. Per cert... On és?

—A vuitanta quilòmetres d'aquí. Si voleu, us hi puc acompanyar. Conec **MOLT BÉ** aquella zona. Estudio per ser guia turístic.

—Gràcies, però... Abans n'he de parlar amb les meves amigues. VAIG A BUSCAR-LES.

—Em penso que elles també et busquen a tu —va dir Diego, assenyalant Paulina, Pam, Violet i Nicky, que se'ls ACOSTAVEN.

—No hem trobat res, Cocó, i tu?

—Doncs jo he descobert on hem d'ANAR... gràcies a Diego!

—Encantat de coneixe-us —va dir el noi.

—Diego estudia per ser guia turístic i s'ha ofert a acompanyar-nos a UXMAL, la ciutat invisible.

—L'indret que desapareix! És clar! —va exclamar Violet amb el rostre il·luminat.

—Teniu cotxe? És que l'últim autocar que porta a Uxmal ha sortit fa exactament... cinc minuts —els va dir Diego, mirant l'hora.

—Oh... Quina mala sort! —va comentar Colette.

—No us preocupeu: aquesta nit us quedeu a casa meva. I demà a primera hora us hi acompanyaré.

—És que... no ho podem acceptar. Som cinc... No et volem destorbar, deus tenir COMPROMISOS...

Diego va esclafir a riure:

—Cap problema! Demà no tinc cap cosa a fer i estaré encantat d'acompanyar-vos a Uxmal: així faré pràctiques de guia turístic amb cinc noies simpàtiques. Això sí, estareu una mica estretes!

Les Tea Sisters van conèixer la família de Diego, que es componia de pares, avis i germanets.

Aquell vespre, Diego va insistir a mostrar-los la NIT MEXICANA que animava el Paseo Montejo, el carrer principal de Mérida.

—És una mena de festival musical amb cançons i balls tradicionals —els va explicar Diego mentre travessaven la MULTITUD en direcció a les taules parades amb delícies gastronòmiques i les tarimes on giravoltaven uns dansaires que duien els vestits típics, de colors LLAMPANTS.

QUINA FESTA TAN BONICA!

Durant unes quantes hores les Tea Sisters es van relaxar i DIVERTIR, deixant de banda la investigació que les havia tingut ocupades últimament.

Però abans d'anar-se'n a dormir, Paulina va murmurar:

—Tant de bo que trobem el diari...

—N'estic segura! —va dir Colette, SOMRIENT—. Aurora va deixar unes indicacions difícils però precises, si ho penseu bé. Estic convençuda que estaria molt contenta, si sabés que les hem SEGUIT nosaltres... Què hi dius, Viví? Viví?

—Ja és al món dels somnis —va dir Pam amb una rialleta—. I val més que ens fiquem totes al llit, que demà ens espera un gran dia!

Piràmides a la selva

L'endemà al **MATÍ**, Colette va sentir un pes a les cames. Quan va obrir els ulls, es va trobar cara a cara amb Gabriel, el germà petit de Diego, que s'havia enfilat damunt del seu sac de dormir i cridava:

—El meu germà diu que ja és hora de **LLEVAR-SE!**

—Qui? Què? Uààà... —deia Violet, badallant, mentre ella i les seves amigues es despertaven lentament.

—Quina oloreta d'ous ferrats... —va murmurar Pam, que va sortir de cop del sac de dormir i se'n va anar **CORRENTS** cap al menjador. La taula estava parada amb ous, fesols negres, *tortillas*

i salses. Ja feia estona que Pam seia a taula quan les altres Tea Sisters hi van ARRIBAR i van gaudir d'aquell esmorzar amb la família de Diego.

—Preparades, noies? L'autocar SURT d'aquí a poca estona —els va dir el seu amic, des del llindar de la porta.

—ARA VENIM!!! —va respondre Colette, que va anar cap a l'entrada amb les seves amigues.

Al cap de poc, les noies ja estaven totes a punt. Es van acomiadar de la família de Diego i van marxar cap a UXMAL.

—Uxmal és un dels jaciments arqueològics més ben conservats —els va dir Diego—. En l'antiga llengua maia, el seu nom significa «construïda tres vegades», perquè l'edifici més alt, la Piràmide de l'Endeví, el van erigir en diverses etapes.

—Ostres, viatjar amb tu és com dur una enciclopèdia portàtil! —va exclamar Nicky, rient.

—Sempre al vostre **SERVEI!** —va respondre Diego, picant-li l'ullet—. Pregunteu-me tot el que vulgueu!

—Primera pregunta... Quan hi arribarem?! —li va demanar Violet amb la cara **VERDOSA**—. La carretera no és precisament recta...

En aquell moment, l'autocar va passar a tota **VELOCITAT** per un canvi de rasant i tots van trontollar.

—Tranquil·la, ja falta poc!

—li va dir Diego, per calmar-la.

I no l'enganyava: poc després van arribar a l'entrada del jaciment.

—Però si som enmig de la selva! —va exclamar Colette, incrèdula.

Diego l'hi va confirmar:

—La selva rodeja el conjunt d'edificis. Els voleu visitar tots o us interessa un de concret?

Colette li va explicar l'**ENIGMA** de l'animal més xerraire. Diego la va escoltar, pensatiu, i després, sense dir ni paraula, però amb un petit somriure als llavis, les va PORTAR a l'altre costat del jaciment. Allà, les Tea Sisters van admirar les meravelloses ruïnes de MATISOS ROSATS, imponents i ben conservades, enmig de la naturalesa exuberant del Yucatán.

—Quin lloc més bonic... —va murmurar Violet, mentre Diego s'aturava al peu d'una piràmide de pedra que tenia un munt d'esglaons.

—Sí. I em sembla que aquesta vegada no ens segueix ningú —va afirmar Pam, observant els grups de turistes que hi havia al seu voltant.

—Pugem-hi! —va dir el noi, avançant amb passes atlètiques—. NOMÉS SÓN 32 METRES...

—«Només»?! —va fer broma Violet, mentre Nicky, tan esportiva com sempre, ja havia començat l'ascensió a tota velocitat.

Quan van arribar a dalt, van entendre per què Diego les havia CONDUÏT fins allà: la piràmide estava decorada amb unes figures de papagais.

—És clar, l'animal xerraire... —va murmurar Violet.

Paulina va donar un cop d'ull a l'interior de la piràmide:

—Potser el que busquem és aquí...

Colette havia explicat a Diego la història del diari d'Aurora i el noi li va dir:

—Està PROHIBIT ENTRAR a la piràmide. Hi ha unes xarxes que hi impedeixen l'accés.

—Però segur que el diari d'Aurora és aquí dins!

—Gràcies per la informació! —va xiuxiuejar el turista que tenia al costat.

Duia una perruca rossa i una camisa de FLORS, però les noies el van reconèixer: era un dels individus que les perseguien..., disfressat! Al cap d'un instant, aquell rosegador es va treure un ganivet de la butxaca i va TALLAR la xarxa, mentre el seu còmplice, que duia ulleres de sol i un bigoti postís, es va ficar dins i va sortir poc després amb un PAQUET a la mà.

—Han trobat el diari! —va exclamar Pam.

—No se'n sortiran, aquesta vegada! —va cridar Nicky, que va ENGRAPAR el paquet que duia aquell individu.

—Fuig, Nicky! —va cridar Paulina.

Nicky va baixar la llarga escalinata ràpida com un llamp mentre les seves amigues provaven d'ATURAR els dos lladregots. El de la camisa de flors corria darrere de Nicky, però quan ja estava a punt d'atrapar-la se li va plantar al davant Diego, que li va barrar el pas impedint que continués la persecució.

El lladre, però, va cridar al seu CÒMPLICE:

—Ei, Max, atrapa-la tu!

—Jo... jo... —va fer ell, que s'havia quedat immòbil al capdamunt de la piràmide—. No puc. No puc baixar... Això és massa alt i TINC VERTIGEN! —va dir, molt nerviós.

—Que què?! —va bramar l'altre, però les Tea Sisters i Diego ja baixaven les escales de pressa darrere de Nicky, que ja era molt LLUNY.

—Ràpid, Nicky! Nosaltres et seguim! —van cridar les altres Tea Sisters.

—Fugiu! Jo els distrauré. Busqueu un autocar i pugeu-hi! —va afegir Diego.

—Gràcies, amic meu! —va dir Colette, abraçant-lo.

Les cinc amigues van CÓRRER enmig de la verdor de la selva fins que van arribar a la clariana on aparcaven els autocars. N'hi havia un que SORTIA cap a Campeche, al sud.

TINC VERTIGEN...
CORREU CAP A L'AUTOCAR!
ET SEGUIM!

PER AQUÍ!

—Som-hi, noies! —va exclamar Pam.

Totes cinc van pujar a l'autocar, panteixant, i es van asseure al fons, amb el COR que els bategava a mil per hora.

Nicky va desembolicar el paquet: era el diari.

SE N'HAVIEN SORTIT!

L'ÚLTIM ENIGMA

Quan es van calmar, segures que ja no corrien perill, les Tea Sisters van obrir el diari. Immediatament van tornar a sentir el lligam amb Aurora, que feia tants anys que havia amagat a la piràmide la segona part de les seves memòries.

—Increïble... l'hem TROBAT —va dir Paulina.

—Em sap greu per Diego... espero que no li facin cap mal —va dir Colette, preocupada.

—Tranquil·la, Cocó: volien el diari, a ell NO LI FARAN RES —li va dir Violet, per consolar-la—. Au, vinga, llegim-lo!

22 de febrer

Estimat diari,

Les meves recerques han donat fruit.

He trobat l'antic tresor, el primer dels set de què parla la llegenda.

És un tresor impalpable i alhora concret.

Ric, però sense substància.
Antic, però encara ben viu.

El va crear la que estava més propera a la joia del palau, destil·lant el bo i millor de la terra per embellir la joia.

He trigat molt a descobrir-lo. He hagut de reconstruir peça rere peça el camí llegendari que portava al tresor, per trobar el Jardí d'Alabastre. I ho he fet tot sense que em descobrissin.

A hores d'ara, estimat diari, tinc molt clar que el professor Von Klawitz es vol apoderar del tresor.

Per això he decidit que també buscaré els sis que falten: vull trobar-los per impedir que Von Klawitz se n'apropiï, n'esborri el rastre i n'impedeixi l'accés.

Conservaré una clau d'accés per a cada tresor, perquè els pugui trobar una persona de confiança si a mi em passés alguna cosa, i les entregaré a cadascuna de les meves germanes.

Per aquest primer tresor, donaré el tapís a Petra.

El farà servir per localitzar el Jardí d'Alabastre, que és en un lloc que uneix

Kenya, Argentina, el Nepal, Nicaragua, Austràlia, l'Uruguai i el nebot de Robert.

—Em comencen a **agradar** els enigmes d'Aurora! —va comentar Nicky, riallera.

—A mi també —va dir Paulina, somrient, mentre treia de la motxilla paper i BOLÍGRAF—. Provem de resoldre'l perquè... **estic convençuda que és l'últim!**

HIPÒTESIS PER RESOLDRE L'ENIGMA

1. Són els noms de països FRONTERERS amb l'indret on es troba el tresor?

2. Hi ha cap lloc que tingui ALGUNA COSA EN COMÚ amb tots aquests països?

3. El nebot de Robert, TÉ CAP RELACIÓ amb aquests països?

4. A aquests països, els correspon alguna altra cosa, com ara UN COLOR o UN NÚMERO?

5. LES INICIALS d'aquests països i del nom de John formen el nom d'un lloc?

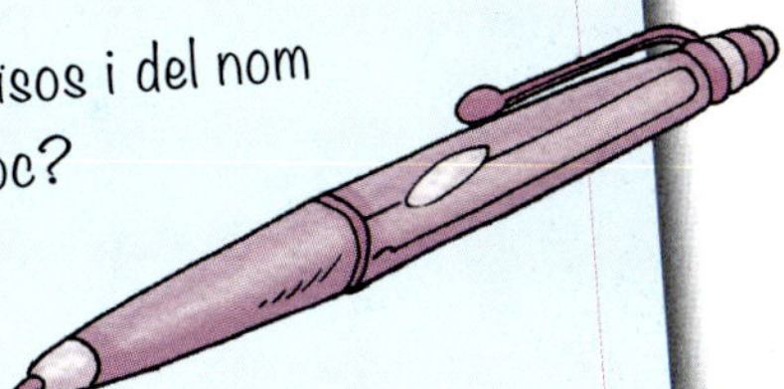

LES RESPOSTES

1. Impossible.
2. No tenen res en comú.
3. No, John encara vivia a Anglaterra.
4. No!
5. Sí, aquesta és la clau!

—Kannauj... —va reflexionar Colette—. Voleu dir? On deu ser?

Paulina va consultar ràpidament la tauleta:

—A l'ÍNDIA! Concretament, a la regió d'Uttar Pradesh, al nord del país.

Pam va SOMRIURE:

—Per mil bieles desbielades! Germanes... ja sabem on es troba el TRESOR!

Cinc noies són massa

El president de la LVK treia foc pels queixals.

—SOU UNA COLLA D'INÚTILS! No és possible...

Al monitor que comunicava amb l'exterior hi havien aparegut els rostres de Max i Stan, els seus esbirros, una mica MASEGATS i amb expressió abatuda. Al president no li havien fet falta els detalls: DE SEGUIDA havia entès que havien tornat a fracassar.

—Havíem trobat el diari, president... Però aquelles PILLETES ens l'han pres i han fugit!

—Tenien un còmplice, un noi amb bigoti que ens ha DESPISTAT!

—Almenys l'heu capturat i interrogat? —va preguntar el president.

Max i Stan es van quedar en SILENCI un instant, recordant l'escena: ells corrent darrere el noi i aquest pujant d'un salt a l'autocar de Mérida i saludant-los amb un gest DIVERTIT.

—Ehem, no...

—Deixem-ho córrer! —els va tallar el president—. No val la pena insistir sobre la vostra INCOMPETÈNCIA. Si tingués temps, en contractaria uns altres, però he de trobar el tresor abans que aquelles noies.

—És que elles tenen el diari... —va murmurar Stan.

—Doncs l'haureu de RECUPERAR!

—President, li assegurem que el pròxim cop...

El president va negar amb el cap:

—El pròxim cop me n'ocuparé PERSONALMENT.

Havent dit això, va interrompre la conversa i va pitjar unes tecles laterals que estaven connectades a una altra pantalla. Al MONITOR, hi van aparèixer les entrades d'una enorme base de dades. Els ulls del president saltaven d'un punt a un altre. Al final, el sistema es va aturar en una imatge amb uns REQUADRES petits. I se'n van il·luminar cinc.

El president va llegir els noms que hi havia a sota:

—Colette. Pamela. Violet. Nicky. Paulina. Quina relació teniu amb Aurora?

Just després, a la pantalla va aparèixer la relació completa de les vacances que les Tea Sisters acabaven de passar a Escòcia.

—És possible que tot plegat sigui una casualitat, una coincidència? De debò que aquestes noies només s'han **interessat** per Aurora Beatrix Lane per ajudar la seva descendent escocesa? —va pensar en veu alta el president.

Després va DESCARTAR aquest pensament i va afirmar:

—Sigui com sigui, no em guanyaran la partida. Encara no saben amb QUI s'enfronten...

AIRES DE L'ÍNDIA

Les Tea Sisters van arribar a Campeche cansades i acalorades després del VIATGE amb autocar. Encara que es morien de ganes de volar cap a l'Índia, de seguida es van adonar que era més PRUDENT fer nit a la ciutat, reposar i rentar la roba abans de tornar a marxar.

—Pilla, te n'ocupes tu, de PLANIFICAR el viatge? —li va preguntar Pam quan van estar instal·lades a l'hotel.

—Sí, però hauré d'anar amb compte. Aquells lladregots ens han seguit PERTOT ARREU i no vull tenir cap més sorpresa desagradable.

Colette, que subjectava el diari d'Aurora, va dir:

—Ja som a un pas de trobar el tresor. Estic segura que ens en sortirem!

Les altres van assentir.

Paulina va començar a preparar el viatge a l'ÍNDIA. Haurien d'aterrar a Lucknow, que era l'aeroport més proper a Kannauj, però la distància que havien de RECÓRRER era tan gran que haurien de fer moltes escales.

—N'afegiré una per despistar els possibles perseguidors —va dir en veu baixa, asseguda davant d'un dels ORDINADORS que els havia proporcionat l'hotel.

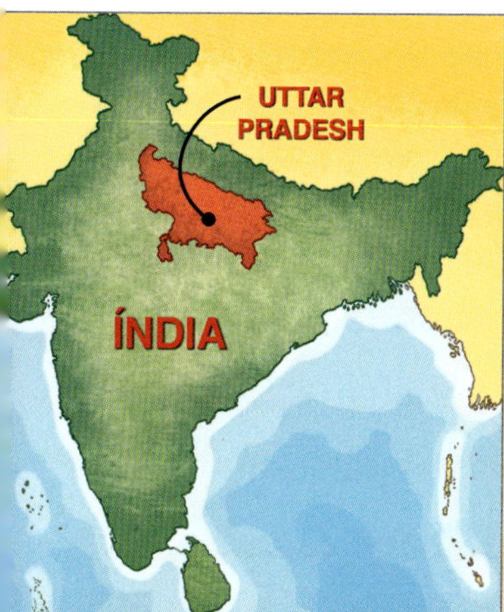

KANNAUJ

La ciutat de Kannauj és al nord de l'Índia, a poca distància del riu Ganges. L'anomenen «la ciutat dels perfums» perquè, des de fa segles, hi ha uns tallers d'artesans que extrauen les essències que necessiten per produir els perfums seguint un mètode tradicional.

Les seves amigues seien al costat. Violet havia llegit de cap a peus la part de la guia de l'Índia que parlava de la seva destinació.

—Noies, he descobert un altre detall força interessant... —va dir, tancant la guia—. Kannauj és la ciutat dels perfums. No us fa pensar en res, això?

Colette es va concentrar:

—Espera't... podria ser l'indret on es *fa dolç el vent*, tal com diu el tapís? És a dir, un lloc on l'AIRE està impregnat de fragàncies!

Violet va assentir:

—Estic segura que l'enigma d'Aurora es REFERIA a aquesta ciutat. Possiblement va fer teixir el tapís aquí mateix, a l'Índia, i el va omplir amb les pistes que a poc a poc estem desxifrant...

—Ja, però tot allò dels pètals, l'alba i la mitjanit, i també allò de l'amic i la joia del palau no ho veig clar! —va observar Nicky, desconsolada.

Violet va obrir la boca, com si volgués dir alguna cosa, però Pam se li va anticipar:

—Ja ens falta poc, germanes! Pressento que aviat trobarem el Jardí d'Alabastre! I ara, a dormir!

L'endemà al matí, les noies es van llevar molt d'hora per preparar el VIATGE.

Però no va ser fins que l'avió es va enlairar de Campeche que no van ser prou conscients que abandonaven aquell país tan EXTRAORDINARI per començar una nova aventura.

—Adéu-siau, MÈXIC! —va dir Colette, mirant el paisatge per la finestreta de l'avió.

—Has tingut cap notícia de Diego? —li va preguntar Pam.

Colette va assentir:

—M'ha enviat un videomissatge per dir-me que tot ha anat DE PRIMERA.

—QUE BÉ! —va exclamar Pam, alegrement—. Ens ha ajudat moltíssim...

Mentrestant, Violet i Paulina organitzaven les etapes i els trajectes, i quan van aterrar a l'aeroport de Lucknow, després de moltes hores i unes quantes escales, i van arribar a la ciutat, ja tenien l'adreça exacta del lloc on s'havien de DIRIGIR.

L'ÍNDIA les va acollir amb una embriagadora barreja d'olors i colors.

—Quina ciutat més bonica! —va comentar Nicky, MIRANT al seu voltant.

—Lucknow és la capital d'Uttar Pradesh, l'estat on es troba Kannauj —va comentar Violet—, i té una gran quantitat de palaus i jardins...

—I ara on hem d'anar? —va preguntar Colette.

—A l'estació, per agafar un tren cap a Kannauj... al més aviat possible!

Poc després, ja eren a l'imponent edifici blanc i vermell de l'estació, que tenia al davant un parc amb una GESPA verdíssima.

Dalt del tren, les noies van REPASSAR tot el que havien de fer.

US EN FAIG UN RESUM...
JA VENIM, KANNAUJ!

—Quan arribem a Kannauj **NO SABREM** per on començar a buscar, oi? —va preguntar Colette.

Nicky va brandar el cap:

—Aquesta vegada tenim una ajuda: a les pàgines següents del diari, *Aurora* esmenta un indret amb dos llacs...

—És l'Oasi dels Ocells! —va exclamar Violet—.

Es diu Lakh Bahosi. Hi ha dos llacs salats que són l'HÀBITAT NATURAL de moltes espècies d'ocells!

—Déu n'hi do, germana, es nota que t'has après de memòria la guia d'aquesta zona! —li va dir Pam, burleta.

—Sort d'això! —va replicar Paulina, somrient—. Així sabrem on hem d'anar!

Mentrestant, els frens del TREN van començar a grinyolar perquè entrava a l'estació.

Havien arribat a Kannauj.

La ciutat dels perfums

Una multitud LLAMPANT i CRIDA-NERA va envoltar les Tea Sisters així que van sortir de l'estació.

—Escolteu, ja sé que tenim un objectiu clar i que l'hem d'ACONSEGUIR al més aviat possible, però... què us sembla si parem per fer un mos? Ens convé una mica de carburant per afrontar l'empresa, no trobeu?! —va comentar Pam, perquè el seu estómac ja PROTESTAVA.

—Bona idea, perquè la guia diu que a l'Oasi dels Ocells no hi ha restaurants i no sé quant de temps ens hi haurem de quedar —va dir Violet.

Les Tea Sisters van elegir un RESTAURANT que era a quatre passes i tenia molt bon aspecte. Així que es van asseure, Pam va començar a llegir el menú.

—Mmm... daixò... a veure... —va dir poc després, GRATANT-SE el cap.

—No t'hi entens, oi? —li va preguntar Nicky—. I jo que em pensava que eres una **EXPERTA** en gastronomia d'arreu del món!

—Hi ha plats que conec, però d'altres no sé què són. Per exemple, què vol dir **PALAK PANEER?** —va preguntar Pam, confosa.

—És un plat exquisit a base d'espinacs i formatge —va respondre una veu **amable** al seu costat. Era d'una noia que tenia uns ulls negres preciosos i duia un tradicional *salwar kamiz* blau, una mena de camisa llarga fins als panxells, amb els pantalons a conjunt.

—Gràcies! Ens podries ajudar a triar els plats? —li va demanar Colette.

—És clar! Em dic **ADITI**, i ajudo els pares, que són els amos del restaurant —els va explicar la noia, asseient-se al costat de les Tea Sisters, que també es van presentar—. **A VEURE**... us aconsello *palak paneer*, i després *samoses*, que són unes crestes de pasta farcides amb verdura, *raita*, que és una salsa amb iogurt, i de postres, *gulab jamun*, que són uns dolços a base de llet. Què hi dieu? —els va demanar Aditi.

—Segur que tot és boníssim! —va exclamar Pam.

Aprofitant que la noia se'ls havia assegut al costat, les Tea Sisters van fer petar la XERRADA amb Aditi i li van demanar informació sobre la zona.

—És la primera vegada que veniu a Kannauj, oi? —va observar Aditi—. Heu de visitar sens falta el MERCAT DELS PERFUMS!

—El mercat dels perfums? —va repetir Nicky, sorpresa.

Aditi va assentir:

—Kannauj és FAMOSA per la seva producció de perfums. És una tradició molt antiga: fa segles que produïm una essència anomenada *attar*, que abans només la feien servir els reis i les reines...

—Que fa dolç el vent... —va murmurar Colette.

—El què? —li va preguntar Aditi.

Colette va negar amb el cap:

—No res. M'agradaria saber-ne més coses... I visitar el mercat.

—Jo hi vaig molt sovint, si voleu us hi puc ACOMPANYAR avui mateix.

Les Tea Sisters es van intercanviar una mirada.

—Ens agradaria molt, però hem vingut aquí amb un OBJECTIU: hem d'anar a l'Oasi dels Ocells, perquè busquem... una cosa molt valuosa —li va explicar Nicky.

—Entesos. Ja sabeu COM s'hi va? —va preguntar Aditi, amablement.

—Per ser sincera, encara no hi hem pensat —va admetre Paulina, SOSPIRANT.

—Hi podeu anar amb bicicleta. Nosaltres en tenim moltes, us en puc deixar cinc, i també us hi puc acompanyar, si voleu.

—Ets molt amable —va respondre Colette—, però no havies d'anar al mercat, avui?

Aditi va fer un d'aquells somriures seus, tan dolços:

—Ja hi aniré demà. Vosaltres em necessiteu avui.

A les noies, els va fer molt BONA IMPRESSIÓ l'esperit sociable d'Aditi.

—Us adoneu —va comentar Paulina mentre la noia anava a demanar permís als seus pares per agafar les bicicletes per a l'**EXCURSIÓ**— que des que hem començat aquest viatge no hem parat de conèixer **AMICS NOUS** disposats a ajudar-nos sense demanar res a canvi?

—**És veritat!** —va respondre Colette—. I també hem topat amb individus que ens volen posar bastons a les rodes, però d'amics que ens han ajudat n'hi ha molts més.

Aditi va tornar i les **Tea Sisters** van pujar a les bicicletes. El trajecte va ser llarg, però al final les noies es van trobar a l'entrada de l'**OASI**, davant d'una arcada, i va ser allà que Aditi se'n va acomiadar donant-los ànims.

—Us desitjo molta sort en la vostra recerca —els va dir abans d'abraçar-les.

Després es va tombar i se'n va tornar cap a casa.

—Ara només cal explorar la zona; creuem els dits perquè Aurora hi deixés més pistes! —va dir Violet mentre travessava el llindar de l'Oasi dels Ocells.

Buscant el tresor amb bicicleta

El paisatge de l'oasi era meravellós: una natura UFANOSA emmarcava dos llacs salats on volaven innombrables ocells de totes mides i colors.

—Si tinguéssim el TAPÍS, potser ens guiaria fins al tresor —va reflexionar Violet.

—Sí, però fins ara ens en hem sortit igualment, i també ho aconseguirem aquesta vegada —va dir Paulina, tota decidida.

—Comencem a BUSCAR per la riba dels llacs? —els va preguntar Nicky.

Es van dividir en dos grups, un per cada llac, i van EXAMINAR les ribes pam a pam, a la recerca de qualsevol indici que demostrés que Aurora havia passat per allà.

Mentrestant, en un punt a pocs quilòmetres de

NOSALTRES ANEM PER AQUÍ!

FINS AVIAT!

l'oasi, un **ESTRÈPIT** va torbar la calma d'aquell indret. Un petit estol d'ocells, **ESPANTATS**, van alçar el vol alhora i van desaparèixer en l'horitzó.

El soroll sonava cada vegada més fort i més a la vora, i poc després un **HELICÒPTER** molt gran es va preparar per aterrar.

La portella es va obrir de bat a bat i en va sortir el president, indiferent al **VENT** que generaven les hèlices. Duia un abric molt elegant i unes ulleres de sol de mirall que li ocultaven els ulls. De darrere d'uns **ARBUSTOS** que hi havia a prop d'allà, en va sortir una camioneta d'on van baixar Cassidy, Stan i Max.

—President, els OBJECTIUS són a menys de dos quilòmetres —el va informar Cassidy.

—Ho sé de sobres —va replicar ell, abans de fer un gest en DIRECCIÓ al pilot.

L'helicòpter se'n va anar.

Sense afegir res més, el president es va dirigir a l'OASI DELS OCELLS. Els seus esbirros es van afanyar a seguir-lo, provant de cridar-li l'atenció.

—Aquesta vegada sí que els prendrem el diari, president —va afirmar Stan.

—L'hi donarem en un tres i no res, l'hi prometo, president! —va cridar Max.

—I no se'ns ***ESCAPARAN*** les noies, president! —va dir Cassidy en un to tallant.

El seu cap es va parar en sec i de poc que no van caure rodolant per terra.

—COM DE COSTUM, NO HEU ENTÈS RES DE RES —va dir el president amb una gran calma. I després va afegir:— Ja no m'interessen ni el diari ni les cinc noies. Ens han guiat fins a l'indret del TRESOR, oi? Doncs, per a mi, ja poden desaparèixer. L'únic que m'interessa és el tresor. Heu portat el tapís?

—És clar! —va dir Cassidy.

El president els va mirar a tots tres, l'un rere l'altre.

—On és?

—DESPLEGUEU-LO! —va ordenar Cassidy als dos goril·les.

—El portaves tu! —va cridar Max a Stan.

—No, tu! L'havies d'agafar tu!

Cassidy va alçar la vista al cel i va ESBUFEGAR:

—Ja el vaig a buscar jo!

I se'n va tornar cap a la camioneta, enfonsant els TALONS a la terra flonja.

—Ajudeu-la, **INÚTILS!** —va cridar el president—. Jo vaig passant.

Max i Stan es van **AFANYAR** a ajudar Cassidy.

—Molt bé. I ara, anem a buscar el que em pertoca —va afirmar el president, **REPRENENT** el camí cap als llacs.

Un cop d'efecte!

Mentrestant, les Tea Sisters ja havien acabat d'**EXAMINAR** la zona i s'havien tornat a trobar al punt de partida.

—*Heu trobat res, germanes?* —va preguntar Paulina.

Nicky va fer que no amb el cap:

—He vist uns quants exemplars d'unes meravelloses **oques índies**, però res d'útil per a la nostra recerca.

—Doncs jo he vist una **GRUA SARUS!** —va exclamar Paulina, que compartia amb Nicky la passió pels animals—. Però res que tingui a veure amb *Aurora* o el tresor.

—No sé si aquí trobarem algú per demanar-li informació o que ens pugui ajudar d'alguna manera... —va observar Violet.

Pam va **MIRAR** al seu voltant:

—Ei! On és Colette?

—Fa un moment era aquí... —va dir Nicky.

—**NO ES DEU HAVER PERDUT, OI?!**

—va afegir Violet.

—No, és allà a baix! —va exclamar Pam, indicant una **SILUETA** en l'horitzó.

Colette se'ls va acostar pedalant a tot drap i va frenar a un pas de les seves amigues.

—Noies... —va dir panteixant—. **Els he... els he vist!**

—Qui has vist? —li van preguntar les altres alhora.

—Els tres de sempre! —va exclamar Colette, esbufegant—. Els

que van agredir Beitris, els que ens van robar el primer diari d'Aurora i que van provar de prendre'ns el segon...

—Què dius?! **ENS HAN SEGUIT FINS AQUÍ?!** —va preguntar Nicky, incrèdula.

Colette va fer que sí i va afegir:

—S'**ACOSTAVEN** carregant un objecte pesant. Mireu, he fet una foto!

Colette els va ensenyar el **mòbil**.

—Un moment —va dir Paulina—. Fes un **ZOOM** aquí!

Violet es va inclinar per veure bé la pantalla.

—Però si sembla... vull dir, si és EL TAPÍS DE BEITRIS!

Les Tea Sisters es van intercanviar una mirada. Era el moment d'actuar, i de pressa, i a un grup d'amigues tan **unides** com elles no les enxampaven mai desprevingudes.

—Us proposo que aquesta vegada fem el contrari de l'habitual... —va dir Pam.

—Serem nosaltres les que els **SORPRENDREM!** —va dir Nicky, acabant la frase.

—Mentre dues els distreuen, les altres tres els enxamparem per darrere. Tenim l'avantatge de l'**EFECTE SORPRESA** —va dir Violet.

—I som cinc contra tres! —va concloure Pam.

Colette va assentir:

—D'acord! Us portaré fins a la seva posició i després Pam i jo els **distraurem**, entesos?

Van posar en marxa el pla. Max, Stan i Cassidy avançaven lentament: Max i Stan carregaven el tapís, **ESBUFEGANT**, i Cassidy ensopegava sovint perquè calçava unes **SABATES** de talons alts, gens adequades per caminar en aquell terreny.

Al cap d'uns instants, Pam i Colette es van aturar davant d'ells.

Així que les van veure, Max i Stan van cridar:

—ATRAPEM-LES!

—Quiets! Al president no li interessen! —va bramar Cassidy, però va ser inútil: els seus companys es van abraonar sobre les dues Tea Sisters.

Llavors Pam i Colette van aprofitar que Stan CARREGAVA el pes del tapís per fer-lo ensopegar, mentre Nicky va deixar que Max estigués a punt d'enxampar-la per escapar-se'n àgilment després. Paulina va aprofitar aquell moment de confusió del lladregot per fer-li perdre l'EQUILIBRI.

—Però què feu, inútils?! —va exclamar Cassidy, mentre provava de recuperar el tapís, que havia rodolat una mica més enllà dels peus de Stan, que havia caigut per terra, al costat del seu company.

Violet l'hi va arrencar de les mans, i de poc que no va caure d'ESQUENA; després va haver d'esquivar una sabata de Cassidy que havia sortit volant pels aires.

—Val més posar-se un calçat CÒMODE per anar d'excursió! —li va dir Colette, abans de tornar a PUJAR a la bicicleta.

Un cop van haver recuperat el tapís, les Tea Sisters van pedalar a tota VELOCITAT cap a la sortida del parc.

AI, QUIN MAL!
TORNEU!
CORRE, VIOLET!

Pètals que expliquen històries

Les noies van continuar pedalant a tota velocitat, amb el cor que els bategava a mil per hora. Nicky duia el tapís damunt del manillar, anant amb compte de no perdre l'EQUILIBRI.

—Allà a baix! —va cridar Colette, indicant un edifici abandonat que hi havia a la sortida de l'oasi.

Les noies hi van arribar amb quatre pedalades. Totes cinc van ENTRAR a l'interior del que antigament devia ser una construcció molt bonica, però que ara mostrava senyals evidents del pas del temps i l'ABANDONAMENT.

—ON SOM? —va preguntar Violet, en veu baixa, alçant la mirada cap al sostre altíssim, per on s'enfilaven unes espesses plantes grimpaires i es filtrava una mica de CLAROR per les esquerdes.

Paulina li va respondre:

—Em penso que devia ser la seu dels que s'encarregaven dels canals d'irrigació. Un edifici públic, que ara està ABANDONAT.

—Doncs és el refugi més segur que tenim a mà, ara com ara —va dir Nicky mentre desplegava el tapís.

El teixit va revelar de nou tota la seva bellesa.

Colette va llegir en veu baixa el text brodat al voltant de l'arbre:

Al bressol del qui fa dolç el vent,
segueix allò que els pètals et voldran explicar,
si vences la seva timidesa.
Però recorda: abans de l'alba,
la mitjanit ha d'arribar.

Trobaràs l'amic de peus profunds,
tofa espessa i antic cor gran

a qui més estima la joia del palau
va confiar, delícia sense preu,
el bellíssim Jardí d'Alabastre.

—Ja hem entès que el primer vers es refereix a Kannauj. Però la resta... A l'oasi no hi ha res que s'assembli a un Jardí d'Alabastre, ni cap palau amb joies... —va reflexionar Nicky.

De sobte, Violet es va picar el front amb una mà.

—Com és que no se m'ha acudit abans?! La joia del palau... **NO ÉS UNA JOIA!**

—Què vols dir, Viví? —li va demanar Colette.

—El monument més important de l'estat d'Uttar Pradesh és el TAJ MAHAL, el mausoleu que un emperador mogol va fer construir al se-

gle XVII en honor a la seva **estimadíssima** esposa.

—Lliçons d'història, no, sisplau! —la va interrompre Pam.

Violet no li va fer cas i va continuar:

—L'emperador s'estimava tant la seva esposa, Arjumand Banu Begum, que la va anomenar Mumtaz Mahal, és a dir, la joia del palau!

El Taj Mahal

L'emperadriu Arjumand Banu Begum, anomenada Mumtaz Mahal, és a dir, «la joia del palau».

—Vols dir que... Aurora va trobar el tresor d'una emperadriu de l'antiguitat?! —va exclamar Nicky.

—El tresor d'algú que se l'estimava: «qui més estima la joia del palau». Una germana o potser una amiga, com nosaltres!

—Quina història més bonica... —va murmurar Colette, acariciant el tapís.

Mentre passava la mà per les FLORS que el decoraven, es va adonar d'una cosa.

—Que estrany... els pètals sembla que tinguin relleu.

—Tens raó, Cocó! —va dir Paulina, acostant-s'hi—. Els pètals no els van TEIXIR, sinó que els van APLICAR damunt del tapís posteriorment.

—*Segueix allò que els pètals et voldran explicar, si vences la seva timidesa...* —va repetir Violet.

—Cocó, tens a mà l'estoig de manicura que et va regalar la teva mare?

—Què? Sí, és clar... Té! —va fer Colette, allargant-lo a la seva amiga.

En un tres i no res, per a sorpresa de les altres,

Violet va agafar les tisoretes i va tallar els pètals.

Colette no va poder reprimir un xiscle d'estupor.

—Però què fas?!

—Segueixo allò que em voldran explicar els pètals. I em fa l'efecte que es tracta d'uns... números!

Les amigues van observar els pètals arrencats, que havien deixat a la vista una seqüència de números brodats.

—Per mil bieles desbielades... Ja hi tornem a ser! No en traurem l'entrellat! —va exclamar Pam, veient aquelles dades incomprensibles.

Nicky, en canvi, va fer un gran somriure:

—Doncs jo acabo d'entendre finalment un dels ENIGMES d'Aurora. Digueu-me: en geografia, què s'utilitza per indicar un lloc?

—Les COORDENADES! —va exclamar Paulina—. Són coordenades!

—I la mitjanit ve abans del dia, és a dir: els números de la primera FLOR es refereixen al nord, que també s'anomena mitjanit, i els de la SEGONA, a l'est, que és per on surt el sol. Per tant: latitud nord 26 graus, 55 minuts i 24,638 segons, i longitud est 79 graus, 37 minuts i 17,566 segons!

—No he entès res, però t'estimo, germana! —va exclamar contenta Pam, mentre feia una gran abraçada a la seva amiga.

Paulina ja havia començat

a introduir les coordenades al GPS del mòbil, per localitzar el punt exacte.

—Ja ho tinc... És al bell mig de l'**OASI DELS OCELLS** —va dir poc després—. Hi haurem de tornar... i vigilar que no ens enxampin els nostres perseguidors!

Atrapada al parany!

Les Tea Sisters van pujar a les bicicletes. Nicky carregava el **TAPÍS**, i ara les cinc noies avançaven amb cautela. Van passar per una zona en què el terreny era més tou, gairebé esllavissadís.

—Aaah! —va cridar Pam, que s'havia acostat molt a una **ESQUERDA** sense adonar-se'n.

—Vigila! —va exclamar Paulina, agafant-la per la samarreta.

—Gràcies, germana! M'ha anat d'un pèl... i semblava un forat molt **PROFUND!**

Ja eren molt a prop del seu objectiu, quan Pam va exclamar:

—Mi-te'ls! Són allà a baix! **AMAGUEM-NOS!**

Al cap d'un instant, les Tea Sisters i les seves bicicletes estaven amagades darrere d'uns arbustos.

Stan i Max hi van passar a pocs metres de distància però no les van veure.

—JA EL SENTIREM, EL PRESIDENT!

—es queixava Max.

—Aquelles noietes ens han tornat a prendre el pèl! —va exclamar Stan.

Quan es van allunyar, les Tea Sisters van sortir de l'amagatall.

—A les bicicletes! Per aquí! —els va dir Paulina, i al cap de pocs minuts, les noies van ARRIBAR al punt que indicaven les coordenades.

Es pensaven que trobarien el tresor amagat potser en una GRUTA, en una clariana apartada o en un refugi segur construït per Aurora. Un jardí exuberant, que potser havia dissenyat la millor amiga de Mumtaz Mahal, i que s'havia mantingut en SECRET durant molts anys...

Però només hi van veure un prat, molt semblant a la resta de l'oasi i, a la part de dalt, en un terraplè que envoltava un petit mur de ciment, hi creixia un ARBRE GRANDIÓS.

—Com és possible? —va dir Pam, fent la volta a la imponent soca.

—Potser les coses han canviat des dels temps d'Aurora... i el tresor ja no existeix —va murmurar Violet.

—Doncs jo crec que és aquí! ***Només cal que trobem el lloc exacte***... —va dir Nicky.

Les noies van mirar al seu voltant sense dir res. Però el silenci no va durar gaire perquè, de darrere dels arbustos, va sorgir algú que va exclamar:

—PER FI US HE ENXAMPAT!

Les Tea Sisters van topar cara a cara amb la LLADREGOTA del barret negre i les ulleres de sol que feia tants dies que les empaitava.

—Per què segueixes el rastre d'Aurora? —li va preguntar Nicky.

—No n'heu de fer res! —va replicar secament.

—Oi tant que sí! No heu parat de SEGUIR-NOS des que vam començar el viatge! —va protestar Pam.

—Calleu! I tu, digue'm on és el tresor! —va murmurar de mala manera la delinqüent, que va ENGRAPAR el braç de Pam.

—Em fas mal! —es va queixar la noia.

Nicky estava a punt d'abraonar-s'hi per defensar la seva amiga, però Violet la va aturar. Les Tea Sisters es van MIRAR. Eren cinc, unides pel poder de l'amistat i el respecte per Aurora, que havien arribat a considerar una amiga molt estimada.

No calia atacar la lladregota per derrotar-la. En la

US HE ENXAMPAT!
AI!
JA HI TORNA?!

ment de Nicky es va formar un pla, i en va tenir prou amb una mirada per aconseguir la complicitat de les altres.

—El TRESOR no és aquí, és deu metres més avall —va dir, assenyalant un punt no gaire lluny d'allà.

—Doncs ja **M'HI PODEU PORTAR!** I no feu cap broma, perquè els meus companys no tindrien cap inconvenient a fer-vos callar...

El grupet es va ENCAMINAR cap al bosquet que havien travessat a l'anada. Nicky ja sabia què volia fer, però havia d'improvisar una part del pla i comptar amb el fet que les seves amigues **captarien al vol** les seves intencions. Quan hi van arribar, va dir:

—Ja hi som. És aquí.

—Aquí? Però si no hi ha res! —va exclamar Cassidy.

Nicky va mirar Colette, que es va afanyar a dir-li:

—DONCS ÉS AQUÍ!

—Uns quants metres més endavant... —va afegir Nicky.

Cassidy, ansiosa per arribar-hi, se li va avançar i Violet, que ho havia entès tot, va dir:

—El tresor no està enterrat sinó allà dalt, damunt d'aquells arbres!

La lladregota va alçar la mirada, i com que no es va fixar on ficava els peus, va caure al **FORAT**.

La terra era tova i va esmorteir la caiguda, però era prou fondo per retenir-la.

—**MOCOSES INTRIGANTS!** —va bramar, quan es va refer de la sorpresa.

Però les Tea Sisters ja eren lluny.

El Jardí d'Alabastre

Les noies van tornar a la clariana amb l'arbre que indicaven les COORDENADES.

Colette es va acostar a la soca i va dir:

—Viví, quan abans has dit a la delinqüent que el tresor era damunt dels ARBRES, m'has fet pensar...

—Què vols dir? —li va preguntar la seva amiga.

—Aquest arbre podria ser el punt exacte on està amagat el TRESOR. Potser és el mateix tresor o potser...

—Potser és l'amic que el custodia —va continuar Pam—.

Els peus profunds són les arrels i la tofa espessa, les branques...

—Ets genial, germana! —li va dir Violet, somrient.

—Sí, però... on és el Jardí d'Alabastre? —va demanar Paulina, insegura—. Damunt de l'arbre?

Nicky es va acostar a la soca:

—Potser sí. Examinem-lo totes cinc!

Les Tea Sisters van fer la volta al tronc de l'arbre, que, amb el pas dels segles, s'havia tornat extraordinàriament ample.

—Sembla que n'emani una energia pròpia... —va murmurar Colette, abans de posar els palmells de les mans oberts damunt del tronc.

Les seves amigues la van imitar, i van CENYIR l'arbre en una mena d'abraçada. Per un instant, van sentir una pau tan profunda i forta que els van venir ganes de plorar.

LLAVORS PAULINA LA VA VEURE.

Al seu tronc entortolligat, a l'altura dels seus ulls i dins d'una mena de niu de fusta, hi havia una CAPSETA del mateix color que el tronc, amb les inicials ABL.

—He trobat... el tresor... —va murmurar la noia. Amb el cor bategant-li a mil per hora, va agafar la capsa es va asseure a l'herba, rodejada de les seves amigues.

A la capsa hi havia un FULL escrit amb una cal·ligrafia que coneixien prou bé. Van alçar el paper i van descobrir l'OBJECTE que s'hi amagava a sota.

Per un instant, al seu voltant es va fer un SILENCI total: el cant dels nombrosíssims ocells, els xiscles dels animals del bosc i fins i tot la FRESSA de les fulles dels arbres que acaronava el vent van semblar aturar-se de cop.

En aquell moment, les cinc amigues es van sentir més properes que mai.

Van comprendre que havien arribat a l'objectiu del seu viatge i, més que mai, es van sentir en harmonia entre elles i la natura que les rodejava.

El full era una carta d'Aurora que les noies van començar a llegir immediatament.

Estimadíssima Petra,
El teu esperit intrèpid i pur t'ha portat fins aquí. Si has trobat aquesta capsa significa que no he pogut completar la meva missió, i per això et confio aquesta valuosa troballa.

Tens a les mans el Perfum de la Terra, la fragància que la donzella de Mumtaz Mahal li va preparar amb les essències més preuades del seu jardí.

La va crear amb les herbes més antigues que la terra ens ha regalat i no hi ha en tot el món cap altra fragància més pura. Encara que tingui uns quants segles d'antiguitat, és tan bona que no s'ha evaporat i ha perdurat. Potser perquè la va crear una amiga per a una amiga i l'amistat autèntica no mor amb el temps. És una troballa raríssima, però m'agrada pensar que el seu valor veritable consisteix a recordar-nos que la terra és molt valuosa i que l'autèntica amistat dura per sempre.

Cuida'l, dolça Petra, tal com ho hauria fet jo.

Aurora

Dins de la capseta hi havia una ampolleta d'alabastre, petita i ELEGANT, que brillava com una joia. El tap i el flascó estaven decorats amb moltes FLORS diferents, símbol de força i també de fragilitat.

A la base de l'ampolleta, hi havia una inscripció amb caràcters daurats que deia: «EL PERFUM DE LA TERRA».

—El Perfum de la Terra... —va murmurar Violet—. Com m'agradaria destapar el FLASCÓ per sentir aquesta fragància llegendària...

—És el Jardí d'Alabastre —va xiuxiuejar Colette—. I és preciós.

Sense voler, a Colette li va caure una llàgrima.

—Gràcies, Aurora —va mussitar—. En tindrem cura, no pateixis.

Les Tea Sisters es van MIRAR sense dir res. Totes es delien per obrir el flascó i ensumar-ne la FRAGÀNCIA... Però no ho van fer: sabien que, per precaució, havien de conservar el TRESOR tal com l'havien trobat.

Tot i així, les cinc amigues van sentir el perfum dolç que emanava del broc del flascó. Van tancar els ulls alhora i les va envair una sensació de pau i harmonia... I va ser llavors que van comprendre el veritable valor d'aquell flascó: donar serenitat i amor! La seva missió, però, no s'havia acabat encara: ara que havien RECUPERAT el primer dels Set Tresors, havien de decidir on el portarien i a qui el confiarien per tenir la plena seguretat que estaria protegit per sempre més.

L'AVENTURA ENCARA NO S'HA ACABAT

Ara que el flascó estava segur amb elles, les Tea Sisters van decidir **TORNAR** a la ciutat al més aviat possible, procurant no cridar l'atenció.

Portarien el tresor a la universitat més propera, perquè el donessin a un museu o en tinguessin **cura** i pogués ser admirat, tal com volia Aurora.

Quan estaven a punt d'arribar a la sortida de l'**OASI** amb les seves bicicletes, una veu masculina, baixa i enrogallada, va cridar:

—Mi-te-les!

Al cap d'un instant, van aparèixer quatre **SILUETES** al mig del camí. Dues eren de Max i Stan; la tercera, de Cassidy, que els seus companys ja havien tret del forat, i la quarta, d'un individu **elegant** amb ulleres de sol de mirall.

Tots quatre ocupaven l'amplada sencera del camí i, per no sortir-ne i **ESTAVELLAR-SE** contra els arbres, les Tea Sisters es van veure obligades a parar.

—Deixeu-nos passar! —va protestar Paulina.

L'individu va negar amb el cap:

—Ni pensar-hi!

—Qui és vostè? —li va preguntar Pam.

—Algú que, com vosaltres, vol GAUDIR del tresor d'Aurora.

—Ha dit les mateixes paraules que el professor Von Klawitz —va dir Violet, que s'hi havia fixat.

L'adversari de les Tea Sisters va esclafir a riure:

—Tenim moltes coses en comú, el besavi i jo...

Les noies es van MIRAR, sorpreses. Com Aurora un segle abans, elles també s'havien d'enfrontar a un Von Klawitz, tan MESQUÍ i SENSE ESCRÚPOLS com el seu avantpassat.

—Nosaltres no ens volem quedar el tresor! —va protestar Paulina—. Volem complir el somni d'Aurora, i RESTITUIR al món els seus tresors antics!

Von Klawitz va somriure:

—Sou tan INGÈNUES com ella. Pitjor per a vosaltres. On és el jardí? Digueu-m'ho! He pentinat tota la zona però no l'he trobat...

—Potser perquè no sabia on havia de mirar —va dir Colette.

—Ja n'hi ha prou! Stan, Max: **AGAFEU-LES!**

Per enèsima vegada, aquells delinqüents acorralaven les Tea Sisters. No tenien escapatòria. Tret que...

MEEEEC! MEEEEC!

En aquell moment van sentir un clàxon sorollós. A pocs metres del grup, una camioneta vermella retrunyia a la sortida de l'oasi. I per la finestrella va treure el cap un rostre conegut que els va cridar:

—VENIU, AMIGUES!

—Aditi! —va exclamar Pam.

Tots quatre, agafats per sorpresa, es van distreure un moment. I les Tea Sisters ho van aprofitar per fugir cap a la camioneta, on van **CARREGAR** a corre-cuita les bicicletes i el tapís. Nicky, que portava el flascó, va ser l'última de pujar.

—Arrenca, pare! Marxem, oi? —va dir Aditi.

—Sííí! —van exclamar totes cinc alhora.

TORNEU AQUÍ!
ÉS ADITI!

PUGEU, DE PRESSA!

La camioneta va arrencar ESPETEGANT.

—Com és que has vingut aquí, Aditi? —li va preguntar Nicky, quan va recuperar l'alè.

—Quan he tornat al RESTAURANT, el meu pare m'ha dit que quan acabàvem de sortir hi han entrat TRES INDIVIDUS ESTRANYS preguntant per vosaltres. Ell, amb tota la bona fe, els ha dit que havíeu anat d'excursió al Lakh Bahosi... I llavors he tingut un MAL pressentiment. Encara que no me n'heu parlat gaire, sabia que volíeu recuperar una cosa molt valuosa... i quan he vist que no tornàveu, he convençut el meu pare per venir a buscar-vos. ESTEU CONTENTES?

—No n'he estat mai tant —va comentar Nicky, repenjant-se al seient.

UN SOMNI PER AL FUTUR

Ja feia mitja hora que les Tea Sisters havien BAI-XAT de l'avió, però encara no tenien les seves motxilles.

Preocupades, les noies s'esperaven davant de la CINTA TRANSPORTADORA de les arribades de l'aeroport de l'Illa de les Balenes.

—Uf, quan sortiran? —va esbufegar Pam.

—No ho sé... Tinc ganes de tornar a la universitat i fer una dormida! —va respondre Violet.

—Ha estat un viatge extraordinari —va dir Paulina.

Nicky va replicar de seguida:

—Un viatge? N'hem fet molts, de VIATGES! Escòcia, Anglaterra, la Bretanya, Mèxic i l'Índia... I nosaltres que ens pensàvem que serien unes vacances tranquil·les en una granja...

Colette va afegir:

—Ja **trobo a faltar** Beitris. Estava tan contenta perquè ens en havíem sortit...

—Mi-te-les! —va exclamar Pam, **ASSENYALANT** les cinc motxilles que lliscaven lentament per la cinta transportadora.

Nicky ES VA AFANYAR a recollir la seva.

—Encara sort... Començava a PREOCUPAR-ME! No m'hauria perdonat mai que es perdés el segon diari d'Aurora! És massa valuós!

—És com si Aurora fos amiga nostra, oi? —va comentar Colette.

Les altres Tea Sisters van assentir:

—Ja ho pots ben dir!

—Noies, què us sembla si aquest vespre l'acabem de llegir? —va proposar Paulina, quan sortien de l'aeroport.

—Genial! —va exclamar Colette—. Fins ara no hem tingut temps, però si més tard, enmig de la calma de Ratford, llegim les paraules d'Aurora, serà ben bé com si continuéssim vivint

la meravellosa aventura dels Set Tresors...

Així doncs, aquella nit, les noies es van reunir per llegir juntes el diari.

19 d'abril

Estimat diari,

Avui he hagut de fer un gran esforç per no explicar-ho tot a la meva germaneta, però val més que no.

D'aquesta manera, ella tindrà la clau per recuperar el Jardí d'Alabastre, però estarà segura.

El llibre parlava dels altres sis llocs on hi ha la resta de tresors.

Ja estic a punt per començar la recerca del següent.

I, aquesta vegada, també estic convençuda que la millor solució és confiar-lo a una de les meves germanes.

Ara tinc una missió, estimat diari:
trobar els Set Tresors més valuosos del món i procurar que ningú els exploti en benefici propi.

No descansaré fins que no l'hagi acomplerta.

I quan ho faci, sé que me'n sortiré algun dia, tornaré a buscar-los i m'asseguraré que els conserven de la millor manera i que tothom en pot gaudir.

Ningú podrà aturar el meu somni. Perquè són els nostres somnis el que ens fan autèntics.

Les Tea Sisters van tancar el *diari* amb els ulls plorosos i se'n van anar a jeure.

Totes es van adormir així que van repenjar el cap al coixí. Totes tret de Nicky, perquè una preocupació li **BARRINAVA** el pensament.

Ja sabien qui era el seu enemic: un descendent de **Jan Von Klawitz** que compartia els obscurs objectius del seu besavi. Havia perdut el **Jardí d'Alabastre**, però encara quedaven sis tresors, i tenia el pressentiment que no es donaria per **VENÇUT**.

Potser no trigarien gaire a veure's implicades en una nova aventura per protegir el somni d'Aurora.

I, COM SEMPRE, LES TEA SISTERS LA VIURIEN JUNTES.

El Perfum de la Terra

UN VIATGE INOBLIDABLE

Hem fet un viatge inoblidable, ple d'AVENTURES I MISTERI, a la recerca d'un tresor antic amagat al cor de la natura. I és precisament d'aquesta que pren la gràcia i la força.

Hem trobat un perfum únic que neix d'una saviesa antiga i oblidada, que evoca un món llunyà i actual alhora, fet d'atmosferes màgiques, indrets plens de meravelles i històries d'AMISTATS INDESTRUCTIBLES...

Ens hem apassionat per aquest univers fet d'essències invisibles però tan potents que desfermen records i emocions, i hem volgut aprofundir en el tema.

Aquestes pàgines contenen tot el que hem descobert... i ho volem compartir amb tu, QUE ETS UNA AMIGA MOLT ESPECIAL!

EL JARDÍ D'ALABASTRE

Quan vam començar la recerca del Jardí d'Alabastre ens pensàvem que havíem de localitzar un jardí molt extens, però... no era la GRANDÀRIA el que havíem de buscar, sinó l'essència i la magnificència de la natura, que es poden amagar en un petit FLASCÓ!

El Jardí d'Alabastre és això: una incrustació perfecta de fulles, flors i pètals que s'uneixen com per art de màgia per contenir la més meravellosa de totes les essències: L'ESSÈNCIA DE LA TERRA.

FLOR DE LOTUS

Aquesta planta enfonsa les arrels al llot de les aigües estancades i creix fins a la superfície, on s'obre la seva flor: per això és símbol de puresa i espiritualitat.

GESSAMÍ

Aquestes floretes blanques d'olor intensa simbolitzen la felicitat i l'amor.

HEURES I FULLES

La seva tenacitat aferrant-se i grimpant representa la vitalitat i la longevitat.

ROSES

Són el símbol de la gràcia i la bellesa.

Tap del flascó
en forma de FLOR DE LOTUS
(*Nelumbo nucifera*)
Part superior del flascó
amb GESSAMÍ
(*Jasminum grandiflorum*)
Part inferior
del flascó amb HEURES
i FULLES
ROSES a la base
del flascó

UNA AMISTAT MÉS FORTA QUE EL TEMPS

Al COFRET DE FUSTA on estava guardat el Jardí d'Alabastre amb l'Essència de la Terra, hi hem trobat uns dibuixos antics, possiblement de l'emperadriu Arjumand, amb uns apunts d'Aurora Beatrix Lane que narren la història d'aquest perfum tan extraordinari. Llegiu-la!

Tot va començar a la ciutat d'AGRA, a la cort de l'emperador Shah Jahan...

EXPLICA LA LLEGENDA que la bella Arjumand Banu Begum estava enamorada de l'emperador Shah Jahan i li volia fer un regal especial, però no sabia quin, i va demanar consell a les seves donzelles. La majoria li van suggerir or i joies, però les paraules de Gauhara, una anciana originària de Kannauj, la van convèncer: «Un rei pot tenir totes les riqueses materials que vulgui... per això li has de regalar una cosa que no tingui ni pugui comprar: un símbol del teu amor, senzill però poderós...». Aquelles paraules sàvies van colpir tan profundament Arjumand Banu Begum...

...que va decidir seguir el consell de l'anciana i va regalar una meravellosa flor de lotus a l'emperador. Gràcies a aquell gest simbòlic, ell es VA ENAMORAR PERDUDAMENT d'Arjumand i la va demanar en matrimoni. Quan ella se'n va anar a viure a la cort de l'emperador, es va emportar Gauhara, que es va convertir en la seva amiga més estimada.

Un dia, Arjumand Banu Begum va anunciar a la seva donzella que aviat se n'aniria a fer un viatge molt llarg: volia acompanyar el seu marit en una campanya d'exploració d'uns territoris llunyans. La donzella, que ja era molt velleta, se'n va acomiadar amb un somriure i li va dir que quan tornés es trobaria UN REGAL MOLT ESPECIAL.

AL CAP DE MOLTS MESOS, quan Arjumand Banu Begum va tornar al palau reial amb el seu marit, es va assabentar amb una tristesa infinita que Gauhara, que ja feia temps que estava malalta, s'havia mort. Però la seva amiga li havia deixat UN REGAL: un flascó de perfum, i una carta...

«T'he preparat una fragància especial, més valuosa que tot l'or i totes les joies del món: L'ESSÈNCIA DE LA TERRA.

En aquesta ampolleta hi ha les aromes més rares i especials que ens dóna la mare naturalesa, barrejades segons una FÓRMULA SECRETA que només jo conec.

Aquest perfum perdurarà al llarg dels segles i derrotarà el temps. Com també serà eterna la nostra amistat, perquè recorda sempre que ELS SENTIMENTS AUTÈNTICS I PURS NO MOREN MAI, sinó que resisteixen, dia rere dia, any rere any, segle rere segle, com la terra on vivim.

No ploris per mi, estimada Arjumand, perquè només et caldrà destapar el flascó de l'Essència de la Terra per recordar-me i tenir-me al teu costat».

Gauhara

EL TAJ MAHAL

Què se'n va fer, d'Arjumand Banu Begum?

Ens vam engrescar tant amb la seva història que en vam voler saber més coses i vam descobrir que...

La bella Arjumand i l'emperador van viure molts anys feliços i van tenir un munt de fills. Tothom apreciava Arjumand per la seva gràcia i bondat. Diuen que tenia cura d'un jardí esplèndid a la riba del riu Yamuna.

L'emperador s'estimava tant la seva esposa que la va anomenar Mumtaz Mahal, «LA JOIA DEL PALAU IMPERIAL». Quan es va morir, l'any 1631, l'emperador, desconsolat, va fer construir en homenatge a la seva esposa un mausoleu bellíssim a la ciutat d'Agra: el Taj Mahal. Van trigar vint-i-dos anys a construir-lo. L'edifici central té les parets de pedra arenosa vermella i totxos revestits de marbre blanc i embellits amb pedres precioses.

UN GUARDIÀ PACIENT

Quan ens vam trobar davant de l'arbre que guardava al seu interior el Jardí d'Alabastre ens vam quedar sense paraules: aquell arbre ens transmetia una sensació de grandesa i majestuositat i, alhora, de serenitat.

Després de fer unes recerques hem descobert que es tracta d'un «FICUS RELIGIOSA», anomenat també «figuera de les pagodes». És originari de l'Índia, la Xina i el Vietnam. És un arbre imponent que pot arribar als 30 metres d'alçada i als 3 metres d'amplada del tronc. Les seves amples fulles s'assemblen a un cor amb la punta allargada, i els fruits són unes figues petites de color violeta.

Després de la nostra aventura vam tornar al gran arbre. Ens vam asseure sota les grans branques, ens vam agafar de les mans i ENS VAM SENTIR MÉS UNIDES QUE MAI I EN HARMONIA AMB LA NATURA... VA SER UN MOMENT INOBLIDABLE!

ENCANTERI DE COLORS

Aditi, la nostra amiga índia, ens va revelar que hi ha un llibre amb uns dibuixos preciosos de paisatges i d'elements naturals, i quan es vol relaxar, es passa una estona acolorint-los. Ens en va regalar un i nosaltres te'l regalem a tu: fes-ne fotocòpies i diverteix-te pintant-lo!

KANNAUJ, LA CIUTAT DE LES MIL BELLESES

Gauhara, la donzella amiga de l'emperadriu Arjumand, era originària de KANNAUJ, una ciutat de l'estat d'Uttar Pradesh, a prop del riu Ganges.

Un dels principals atractius de Kannauj és l'Oasi dels Ocells de Lakh Bahosi, UNA EXTENSIÓ VERDA DE PROP DE 80 QUILÒMETRES QUADRATS. De novembre a març s'hi poden observar moltes espècies d'ocells, com ara pelicans, cigonyes i agrons, i també s'hi poden veure xacals, mangostes i diverses menes de micos. És un indret meravellós, que ens fa comprendre la importància que té CONSERVAR I DEFENSAR LA NATURA I TOTS ELS SEUS HABITANTS!

JOC: a l'Oasi dels Ocells de Lakh Bahosi, també hi vam veure un gaig blau indi, un ocell que té unes plomes d'un color blau intens molt bonic.

EL POTS VEURE?

Solució: L'ocell és a la branca que hi ha damunt de Violet.

L'ATTAR

DE KANNAUJ en diuen «LA CIUTAT DEL PERFUM» de l'Índia, perquè s'hi fabrica l'attar –o ittar–, un oli perfumat fet amb pètals de flors i herbes.

LA PREPARACIÓ DEL PERFUM ÉS LABORIOSA: Fan falta més de dues setmanes per obtenir-ne un flascó! Primer cullen i apleguen els pètals, després hi afegeixen l'oli de sàndal i l'aigua, el segellen i el posen al foc, recollint el vapor perfumat que genera. Cal mantenir el foc baix i vigilar-lo amb molta atenció, perquè es podrien cremar els pètals i es faria malbé la delicada fragància. S'hi tiren flors fresques fins que l'oli de sàndal està completament impregnat de l'essència de les flors i llavors... L'ATTAR JA ESTÀ A PUNT!

La producció d'attar amb el mètode tradicional.

Per fer aquesta feina cal tenir paciència i una gran precisió...

Una fotografia nostra del mercat
de perfums de Kannauj:
quina mà d'essències i colors!
Va ser una experiència meravellosa!

JOC: quants flascons de perfum hi veus?

Solució: Hi ha 18 flascons de perfum.

ELS PERFUMS EN LA HISTÒRIA

Hem descobert que el terme «PERFUM» deriva del llatí «PER FUMUM» que significa «A TRAVÉS DEL FUM», perquè els primers perfums eren aromes que cremaven per purificar l'ambient o per honrar els déus i els avantpassats. Les essències principals provenen de l'Orient i tenen una història antiquíssima...

ELS PERFUMS DE LES REINES EGÍPCIES

A les reines i els nobles de l'Antic Egipte els agradava untar-se amb UNGÜENTS AROMÀTICS i no solament el cos sinó també els cabells, i es posaven al cap un con de cera perfumada que es fonia al sol i escampava una aroma dolça.

El perfum més utilitzat, també pels faraons, era el *kyphi*, una barreja de moltes essències com ara encens, mirra, menta, canyella, festucs, mel... Segons l'historiador grec Plutarc, el *kyphi* servia per «AFAVORIR LA SON, TENIR SOMNIS AGRADABLES, RELAXAR-SE I DONAR UNA SENSACIÓ DE PAU».

LA REINA CLEÒPATRA era una autèntica experta en olors i va fundar la **PRIMERA FÀBRICA** de fragàncies i cosmètics perfumats al sud del mar Mort, en un recinte on també es cultivaven plantes aromàtiques per fer-ne ungüents.

Una festassa perfumada

Cleòpatra tenia una passió tan gran pels perfums que sempre en volia estar envoltada: es veu que fins i tot feia perfumar les veles dels seus vaixells perquè el vent escampés les fragàncies que havia elegit, com ara el gessamí.

Fes el mateix i omple la teva habitació amb la teva fragància preferida: confecciona una garlanda amb banderoles de tela, ruixa-la amb l'oli essencial o el perfum que t'agradi més i penja-la a la porta, i si vols una aroma més intensa, al radiador calent!

Grècia Antiga:
una cascada de... perfums!

Als grecs antics els agradava FER-SE MASSATGES AMB OLIS PERFUMATS DESPRÉS DEL BANY. Els perfums més famosos eren el *susinon*, fet amb roses, mirra i canyella, i el *kypros*, amb menta i bergamota. Més endavant, hi van afegir aromes noves, com el sàndal i la nou moscada, que van descobrir gràcies a les expedicions d'Alexandre el Gran a l'Orient.

Roma Antiga:
una cascada de... perfums!

A LES TERMES de la Roma antiga feien un gran ús d'olis i perfums. El rècord de despeses en fragàncies correspon a Neró: es veu que durant les seves festes feia ruixar la sala amb aigua perfumada amb flors per uns forats que hi havia a les parets, i que uns plafons mòbils del sostre s'obrien per deixar caure una CASCADA DE PÈTALS DE ROSA damunt dels convidats.

L'Edat Mitjana: l'Aigua d'Hongria

A l'Edat Mitjana, les dames es perfumaven amagant als plecs de la roba unes BOSSETES AMB VIOLETES, ESPÍGOL O FLORS DE TARONGER. A finals del segle XIV, va aparèixer un dels primers perfums fets amb alcohol: el va crear la reina Elisabet d'Hongria i, en honor seu, el van anomenar Aigua d'Hongria. Contenia romaní i espígol.

Una joia de la natura!

Crea tu també una joia perfumada per portar-la sempre!

Agafa un retall de tela rectangular de 23 cm de llarg i d'uns 10 cm d'ample. Deixa 5 cm lliures per costat, posa-hi flors seques d'espígol, roses, camamilla i d'altres que t'agradin.

Cargola la tela i demana a un adult que cusi ben fort les puntes amb fil i agulla. Lliga't els extrems al canell i ja tens a punt el teu braçalet perfumat especial!

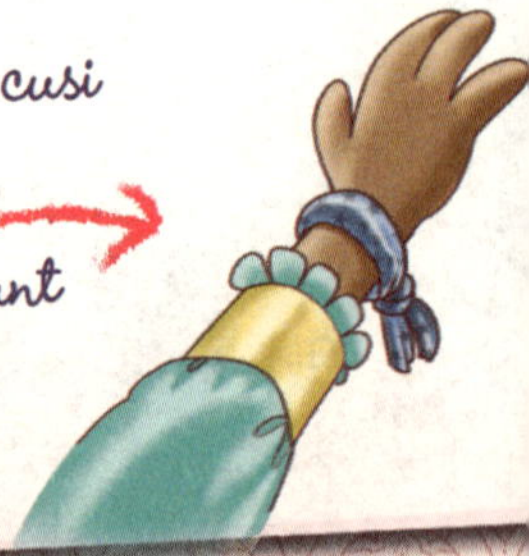

El Renaixement: el secret de Caterina de Mèdici

Quan la jove Caterina de Mèdici va anar a França per casar-se amb el rei Enric II, tota la cort es demanava què era aquella elegant esfera de plata foradada que la noia duia penjada al coll i que, de tant en tant, s'acostava als narius.

Era un POMANDER, un contenidor ple de resines perfumades que Caterina duia sempre per escampar una aroma agradable al seu pas.

Caterina es va emportar de Florència el seu PERFUMER DE CONFIANÇA, RENATO BIANCO, que va fer que la noblesa francesa conegués i apreciés les seves fragàncies, i això va contribuir a la difusió de botigues dedicades a la producció i venda de perfums.

El segle XVIII: les aigües perfumades

Va ser la reina Maria Antonieta qui va popularitzar la moda dels PERFUMS FRESCOS I NATURALS que evocaven les flors. Els produïen amb la destil·lació de cítrics i l'afegitó d'essències florals variades. Eren les AIGÜES DE COLÒNIA, que es van produir per primera vegada a la ciutat alemanya de Colònia, a finals del segle XVII, i es van difondre per tot Europa a partir del XVIII.

Curiositats: el sabó

Segons algunes fonts, va ser la dona d'un pescador lígur qui va crear el PRIMER SABÓ SÒLID, fent bullir sosa càustica amb oli d'oliva. Les primeres fàbriques de sabó amb sosa càustica natural (que s'obté amb la cendra d'algunes algues) van ser fundades a Savona. Després, la producció va passar a França, on, des del 1792, van substituir la sosa natural per la sintètica, que havia descobert un químic francès: Nicolas Leblanc.

AVUI I... DEMÀ: PERFUMS A LA TELEVISIÓ!

A partir del segle XIX, es van crear aromes sintètiques que substituïen les naturals i es van fundar les principals empreses productores de perfums.

Però la indústria de les olors no s'atura aquí: hi ha investigadors que proven de CREAR TELEVISORS I PANTALLES D'ORDINADOR ESPECIALS QUE PUGUIN VAPORITZAR EN L'AMBIENT ALGUNES ESSÈNCIES PERFUMADES... D'aquesta manera, quan vegem un prat verd al monitor, també sentirem l'olor de les flors!

TEST:

QUINA ÈPOCA FA MÉS PER A TU?

Diverteix-te amb nosaltres responent a les preguntes i esbrina quina època històrica fa més per a tu!

INICI

Per relaxar-te davant de la televisió tries...

A. Un programa de música

B. Una pel·li d'aventures

La teva samarreta ideal...

A. Té flors dibuixades

B. Té uns colors llampants

Esperes que la teva amiga de l'ànima es prepari per sortir amb tu. Mentrestant...

A. Mires al teu voltant

B. Escoltes música

Hi ha una festa de disfresses! Et vesteixes de...

A. Fada

B. Pirata

Emmarcaries...

A. Una foto teva amb una amiga

B. Un dibuix teu

A l'escola participaries encantada en una jornada d'aprofundiment de:

A. Llengües estrangeres

B. Poesia

Si poguessis escollir un campament d'estiu aniries...

A. A unes excavacions arqueològiques

B. A aprendre a muntar un robot que parla

Un nom perfecte per a un cadell és...

A. Floc de neu

B. Estrella

L'ANTIC EGIPTE

Curiosa i exploradora, et fascina el món de les piràmides i dels faraons i t'agradaria descobrir tots els secrets de les reines egípcies!

EL RENAIXEMENT

Extrovertida i sociable et sentiries molt a gust en una cort renaixentista!

FUTUR

La teva ment no para quieta, cada dia crees coses diferents i et deleixes per saber què et reserva l'endemà!

JOC:

Paulina s'ha divertit inserint en una imatge de l'Antic Egipte tres elements que encara no existien en aquella època: els veus?

Solució: Els elements anacrònics són el rellotge al canell de l'egipci que hi ha més a l'esquerra, les ulleres del guardià que hi ha més a la dreta i el flascó de perfum amb esprai que la donzella del mig entrega a la reina.

L'ART DE CAPTURAR ELS PERFUMS

Les aromes vegetals s'extrauen de parts diferents de les plantes: de vegades, són a la PELA DEL FRUIT, com les taronges, d'altres a les FLORS, com la rosa i l'espígol, i d'altres a les ARRELS, com l'iris i el vetiver, o a la fusta i l'escorça, com el cedre, el sàndal i la canyella, o a les FULLES, com la menta i la farigola, o a les LLAVORS, com les faves de tonka. Partir d'elements naturals i obtenir-ne essències intangibles és un procés fascinant. Ja hem vist com es prepara l'attar; ara us ensenyarem uns altres mètodes d'extracció de les essències.

Extracció en fred

És la tècnica més antiga i senzilla: els elements naturals S'AIXAFEN a mà o amb una premsa mecànica per aconseguir-ne l'oli. Funciona molt bé per obtenir els olis essencials dels cítrics, com ara l'oli de taronja, de bergamota, de llimona o de mandarina.

DESTIL·LACIÓ

Es posen les flors en un ALAMBÍ amb aigua que es fa bullir: el vapor obre els porus de les flors, que alliberen el seu oli essencial i després, quan es refreda, es transforma en aigua i conté l'oli perfumat. Per obtenir un litre d'oli essencial de roses calen cinc tones de flors!

ENFLORACIÓ

S'unta una placa de vidre amb greix animal, es posen les flors al damunt i es deixen macerar unes quantes setmanes. Al final del procés s'obté una substància molt perfumada que té la mateixa consistència que la mantega.

UNA HARMONIA DE NOTES

Crear un perfum és un art fascinant, comparable al d'un músic quan compon una melodia amb notes diferents i dóna un ritme a la música. No és casual que, quan s'analitzen els perfums, se'n distingeixin tres tipus de notes (notes de cap, de cor i de fons) ORGANITZADES EN UNA PIRÀMIDE SEGONS LA SEVA PERSISTÈNCIA: la punta conté les fragàncies més volàtils, mentre que a la base es troben les més duradores.

NOTES DE CAP

Són les primeres fragàncies que arriben a l'olfacte quan sentim un perfum. Són com les primeres frases d'una pel·lícula o les primeres pàgines d'un llibre.

NOTES DE COR

Representen el tema de la fragància, el cor del relat que el creador del perfum ha volgut escriure per a nosaltres. Duren dues o tres hores.

NOTES DE FONS

Reforcen el perfum, i la seva fragància dura fins a vuit hores. Són tan intenses que ens toquen la memòria olfactiva i fan aflorar records relacionats amb aquestes essències

NOTES DE CAP: normalment són essències de cítrics, però també de farigola o d'alfàbrega.

NOTES DE COR: notes florals (rosa, gessamí) i notes afruitades (pera, préssec).

NOTES DE FONS: solen ser essències d'espècies, fusta, fragàncies ambrades, orientals, *gourmands* (de dolços o menjars perfumats) i d'altres elements.

ENDEVINAR ELS PERFUMS

Quan estiguis amb una amiga, prova de fer aquest experiment: nosaltres el vam fer i ens vam divertir d'allò més!
Asseu-te còmodament i tanca els ulls, després demana a la teva amiga que et posi davant del nas flors, menjars o qualsevol altra cosa perfumada que tinguis a casa. Diverteix-te endevinant què tens davant dels ulls tancats: ja veuràs que serà més difícil que no et pensaves! Pots fer el mateix amb els perfums! Per ajudar-te, t'apuntem unes quantes tipologies de fragàncies, classificades segons les notes dominants.

PERFUMS CÍTRICS: fragàncies en què predomina l'aroma dels cítrics (taronja, llimona, bergamota...).

PERFUMS FLORALS: contenen essències de flors, com la rosa, l'espígol i moltes d'altres.

PERFUMS FOUGÈRES: la paraula francesa *fougère* significa «falguera». Són essències en què predominen olors com la de l'alzina o el gerani.

PERFUMS DE FUSTA: hi predominen les notes càlides del sàndal, el pàtxuli, el vetiver i el cedre.

PERFUMS AMBRATS: tenen unes notes dolces i penetrants, com la vainilla i algunes flors exòtiques.

PERFUMS GOURMANDS: la paraula francesa *gourmand* significa «llaminer», per tant són els perfums dels pastissos i les menges dolces com la fruita confitada.

TEST:

QUIN ÉS EL PERFUM MÉS ADEQUAT PER A TU?

1. Vols anar al cine amb les teves amigues: quina mena de pel·lícula els proposes?

A. L'última pel·lícula d'animació.

B. Una pel·lícula d'acció i aventures.

C. Una comèdia.

D. Una pel·lícula romàntica.

E. Tanques els ulls i tries la programació sense veure-la. Sorpresa!

2. La teva millor amiga explica un acudit que no t'agrada. Què fas?

A. Rius: es deu haver expressat malament.

B. Et sap greu, però no li dius res.

C. Et fas el propòsit de parlar-li del tema així que puguis.

D. Xerres a part amb ella i li dius que t'ha sabut molt de greu.

E. Li repliques amb un altre de semblant.

3. T'inviten a una festa. Quina mena de roba et poses?

A. Res d'especial: uns texans i la teva samarreta preferida.

B. Un vestit senzill però amb un complement que t'afavoreixi.

C. Un vestit de colors alegres.

D. Una faldilla superfemenina i un jersei d'un color pastel.

E. Roba esportiva.

4. Si volguessis aprendre a tocar un instrument musical, quin triaries?

A. La guitarra clàssica.

B. El saxofon.

C. La bateria.

D. El piano.

E. El violí.

5. Pel teu aniversari t'agradaria que et regalessin...

A. Una coseta senzilla: l'important és el detall.

B. Una cosa que et sorprengui.

C. Una entrada per a un concert del teu cantant preferit.

D. Un braçalet de colors.

E. Un llibre d'aventures.

6. Si penses en el mar, el primer adjectiu que se t'acut és...

A. Meravellós.

B. Il·limitat.

C. Salabrós.

D. Brillant.

E. Misteriós.

7. A prop de casa teva, hi ve a viure una noia de la teva edat. Què fas?

A. T'hi presentes de seguida.

B. Mires d'esbrinar com és.

C. La convides a berenar a casa teva.

D. Li deixes un regalet a la porta de casa seva.

E. T'esperes: ja es presentarà ella.

SOLUCIONS

MAJORIA DE RESPOSTES A: ets alegre i extravertida, t'agrada la companyia dels altres i et diverteixes amb qualsevol cosa. Prova un perfum FLORAL, fresc i simpàtic com tu!

MAJORIA DE RESPOSTES B: ets una enamorada de la natura i l'aventura. Les trobaràs en un perfum amb NOTES DE FUSTA, com el vetiver o el cedre!

MAJORIA DE RESPOSTES C: t'agrada assaborir la vida en tots els seus vessants, per això et convé un perfum *gourmand*, que t'estimuli l'olfacte i també el gust, potser amb una NOTA DE XOCOLATA!

MAJORIA DE RESPOSTES D: ets dolça i romàntica, t'agrada somiar desperta, però sense perdre de vista la realitat. Fes-ho amb un perfum AMBRAT AMB VAINILLA!

MAJORIA DE RESPOSTES E: ets molt impulsiva, però sempre l'encertes. Et convé un perfum amb una BASE DE CÍTRICS, amb taronges o bergamota.

ELS VALUOSOS OLIS ESSENCIALS

Els olis essencials són uns VALUOSOS CONCENTRATS de substàncies aromàtiques que produeixen les plantes, les flors o els fruits. Tenen moltes propietats benèfiques i sovint es fan servir en cosmètica i per al BENESTAR DEL COS. Però cal anar amb compte perquè els olis poden provocar al·lèrgies o irritacions. No es poden utilitzar en estat pur sobre la pell, ni ingerir, ni posar en contacte amb els ulls o les mucoses. Només es poden utilitzar amb la supervisió d'un adult i seguint els consells d'un expert. Us apuntem uns quants olis, les seves característiques principals i unes recomanacions d'ús; però recorda't de preguntar sempre a un especialista quin oli has de fer servir i com!

ESPÍGOL: molt corrent a la Provença, al sud de França. Sovint s'utilitza per perfumar els armaris i allunyar els insectes. Si poses dues gotes d'oli d'espígol a l'aigua d'un difusor, purificaràs l'aire i facilitaràs la relaxació.

Bany relaxant!

Vols fer un bany molt relaxant?

En una bosseta de cotó, posa-hi flors d'espígol, una mica de marduix i una pela de taronja, penja-la a l'aixeta i deixa que perfumi el lavabo mentre omples la banyera d'aigua calenta! A la bosseta, també hi pots abocar dues gotes d'oli essencial d'espígol o de taronja.

LLIMONA: originària de l'Índia, és desinfectant i antibacteriana, i purifica l'aire si en poses en un difusor.

ROMANÍ: creix en abundància a la costa. El seu oli revitalitza i tonifica.

Menta pebrera:

originària d'Europa, afavoreix la concentració, i per això és bo posar-ne en un difusor quan estudies.

Popurri floral

Per tenir l'habitació perfumada durant molts dies has de preparar un popurri. En un pot de vidre, hi poses una tassa de pètals de rosa dessecats, mitja tassa de flors d'espígol dessecades, mitja tassa de fulles de menta dessecades i nou moscada ratllada. Afegeixes vint gotes d'oli essencial de rosa o d'espígol al pot, el tanques, el sacseges perquè es barregi tot i ho deixes reposar tres setmanes.

Després, aboca el teu popurri en un bol o un plat, i el decores amb anís estrellat i una pinya petita.

Paraules perfumades...

Vols enviar una carta molt especial a una amiga? Escriu-la en un paper perfumat fet per tu! És fàcil: aboca sis gotes d'oli essencial d'espígol o de rosa damunt de dos mocadors grans, al mig hi poses un full de paper i ho tanques tot en una bossa de plàstic. L'endemà l'obres i... ja pots començar a escriure la teva carta!

TARONJA: relaxa i anima. Si l'ensumes et farà passar el mareig.

ALFÀBREGA: originària de l'Àsia, ens ha arribat passant per l'antiga Pèrsia, Egipte i Grècia. L'oli, escampat en l'aire amb un difusor, pot mitigar el mal de cap i combat l'insomni.

UN ARMARI FLORIT

Vet aquí una idea senzilla que perfuma armaris i calaixos, o per fer un regal a les teves amigues: saquets perfumats! Es fan així:

MATERIAL:

- Teles de colors.
- Cintes de ras.
- Cotó fluix de colors.
- Olis essencials (espígol, xuclamel o altres).
- Tisores amb la punta arrodonida.

1. Talla la tela de colors a quadrats mitjans. Compte! Per fer-ho, demana ajuda a un adult!

2. Perfuma els flocs de cotó amb unes quantes gotes d'oli essencial (molt poquetes, sobretot!).

3. Posa el cotó xop d'oli essencial al centre del quadrat de tela i després en tanques els extrems amb una cinta de colors per formar un saquet!

4. Ara posa els saquets en fila i digues a les teves amigues que agafin el color que els agradi més!

FLASCONS PRECIOSOS

Un bon perfum s'ha de guardar en un recipient bonic! Com eren els primers flascons? Mireu què hem descobert! Possiblement van ser els antics egipcis els qui van inventar el flascó de perfum, que anomenaven ALABASTRE, un envàs llarg i estret, fet d'aquest mineral, molt adequat per conservar els olis. Més endavant, els romans van utilitzar uns potets més pràctics fets amb vidre de diverses formes i colors.

El 1868, a París, es va inventar el VAPORITZADOR.
Al llarg del temps van dissenyar flascons de totes les formes i colors per captar l'atenció.

TEST:

QUIN ÉS EL FLASCÓ MÉS ADEQUAT PER A TU?

Les Tea Sisters ens vam divertir dissenyant uns flascons molt diferents entre si... Dels que hi ha aquí sota, quin triaries?

1

2

3

4

5

ARA GIRA LA PÀGINA PER VEURE ELS RESULTATS DEL TEST!

RESULTATS

1. ROMÀNTICA

Ets romàntica i una mica somiadora, però per aconseguir que el teu somni es faci realitat també ets capaç de lluitar!

2. NATURAL

El que més desitges és estar en harmonia amb la natura que t'envolta. I és d'aquesta que treus la teva força.

3. ARTÍSTICA

Ets creativa i extravertida, hi poses el teu toc especial en tot!

4. CLÀSSICA

La teva força és ser tal com ets: no segueixes les modes ni t'esforces per demostrar res a ningú.

5. FUTURISTA

No en tens prou amb el present... Ja estàs projectada al futur!

UN FLASCÓ AMB LA FIRMA «TEA SISTERS»!

Després d'aquesta aventura ens vam divertir dissenyant el nostre flascó de perfum ideal, el flascó «Tea Sisters».

ÉS AQUEST: T'AGRADA? TU I LES TEVES AMIGUES TAMBÉ US HO PODEU PASSAR BÉ DISSENYANT EL VOSTRE FLASCÓ IDEAL!

ÍNDEX

LA TEVA COL·LECCIÓ

Llegir és una aventura emocionant!
Marca els llibres de la teva col·lecció!

- ♡ 1 El codi del drac
- ♡ 2 La muntanya que parla
- ♡ 3 La ciutat secreta
- ♡ 4 Misteri a París
- ♡ 5 El vaixell fantasma
- ♡ 6 Un bon embolic a Nova York
- ♡ 7 El tresor de gel
- ♡ 8 Els nàufrags de les estrelles
- ♡ 9 El secret del castell escocès
- ♡ 10 El misteri de la nina desapareguda
- ♡ 11 La caça de l'escarabat blau
- ♡ 12 La maragda del príncep indi
- ♡ 13 Misteri a l'Orient Express
- ♡ 14 Misteri entre bastidors
- ♡ 15 La llegenda de les flors de foc

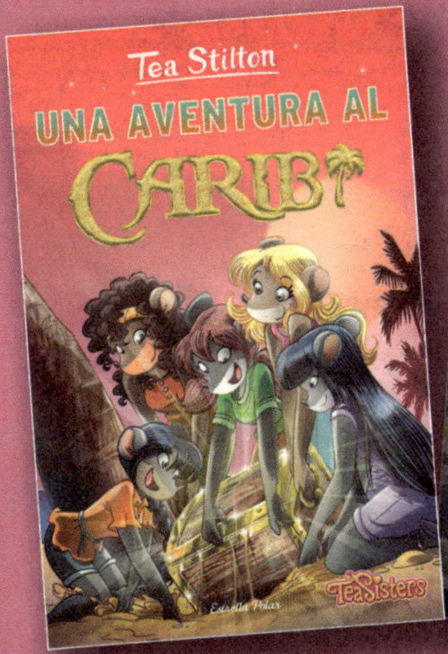
Tea Stilton
UNA AVENTURA AL
CARIB
TeaSisters

Tea Stilton
UN BON EMBOLIC
a NOVA YORK
I ♥ NY
14032
TeaSisters

Llibres especials

- Al regne de l'Atlàntida
- El secret de les Fades del Llac
- El secret de les Fades de la Neu
- El secret de les Fades dels Núvols
- El secret de les Fades dels Oceans

Aventures a Ratford

- 1 L'amor entra en escena a Ratford!
- 2 El diari secret de Colette
- 3 Les Tea Sisters en perill!
- 4 Duel a ritme de dansa
- 5 El projecte supersecret!

6 Cinc amigues i un musical
7 El camí de l'èxit
8 Qui s'amaga a Ratford?
9 Una misteriosa carta d'amor
10 Un somni sobre gel per a Colette
11 Una aventura de pel·lícula
12 Top model per un dia
13 Salvem les tortugues
14 El club de les poetesses
15 La recepta de l'amistat
16 El gran ball amb el príncep
17 El fantasma de Castell Falcó
18 Totes podem ser campiones
19 Més que amigues... germanes!
20 Un casament de somni
21 SOS! Cadells
22 El concert del cor
23 Mil fotos per a una top model

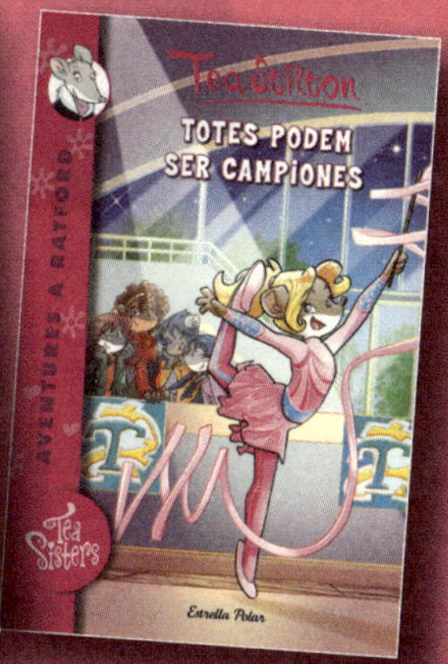

Nordl. Polarkreis
Banks-I.
Baffin
Davis-Str.
K. Farewell
Gr. Bären-S.
Gr. Sklaven-S.
Hudson
Bai
Labrador
Neu-Fundland
K. Race
Winnipeg-S.
Vancouver
Columbia
Missouri
Oberer See
Huron
Michigan
Ontario-S.
Erie-S.
Schottland
Azoren
Platte
Ohio
Gr. Salzsee
Arkansas
K. Mendocino
Mt. Whitney
S. Nevada
Blanca Pk.
K. Hatteras
Bermuda-In.
Florida
Guadalupe
Golf von Mexico
Bahama-In.
Nördl. Wendekreis
K. San Lucas
Orizaba
Haiti
Puerto Rico
Kapverdische I.
Rev. Gigedo I.
Mittel-amerika
Karibisches Meer
Gr. Antillen
K. Gallinas
Trinidad
Clipperton-I.
Nicaragua
Panama
Orinoco
Roraima
Cocos-I.
Malpelo
Galápagos-I.
Äquator
R. Negro
Amazonen Str.
Madeira
Tapajoz
Xingu
Tocantins
Fern. Noronha
K. S. Roque
S. Francisco
Sajama
Südl. Wendekreis
Sala y Gomez
Rapanui (Osterinsel)
S. Felix
Paraná
Paraguay
Uruguay
Itatiaia
Trinidad
Juan Fernandez
Aconcagua
La Plata
Chiloe
Magalhães-Str.
Feuerland
Falkland-I.
K. Hoorn
Dougherty-I.
Süd-Georgien
Südl. Polarkreis
Peter I. Land
Süd-Shetland-I.
Süd-Orkney-I.
Sandwich-I.
Stiller Ozean
Atlantischer Ozean
Nord-Amerika
Süd-Amerika